Tucholsky Wagner Zola Scott Sydow Freud Schlegel
Turgenev Fonatne
Wallace Twain Walther von der Vogelweide Fouqué Friedrich II. von Preußen
Weber Freiligrath Frey
Fechner Fichte Weiße Rose von Fallersleben Kant Ernst Frommel
Richthofen
Hölderlin
Engels Fielding Eichendorff Tacitus Dumas
Fehrs Faber Flaubert
Eliasberg Ebner Eschenbach
Feuerbach Maximilian I. von Habsburg Fock Eliot Zweig
Ewald Vergil
Goethe Elisabeth von Österreich London
Mendelssohn Balzac Shakespeare
Dostojewski Ganghofer
Trackl Lichtenberg Rathenau Doyle Gjellerup
Stevenson Hambruch
Mommsen Tolstoi Lenz Hanrieder Droste-Hülshoff
Thoma
Dach Verne von Arnim Hägele Hauff Humboldt
Reuter
Karrillon Garschin Rousseau Hagen Hauptmann Gautier
Defoe Baudelaire
Damaschke Descartes Hebbel
Hegel Kussmaul Herder
Wolfram von Eschenbach Schopenhauer
Dickens Rilke George
Bronner Darwin Melville Grimm Jerome
Campe Horváth Aristoteles Bebel Proust
Bismarck Vigny Barlach Voltaire Federer Herodot
Gengenbach Heine
Storm Casanova Tersteegen Grillparzer Georgy
Chamberlain Lessing Langbein Gilm
Gryphius
Brentano Lafontaine
Strachwitz Claudius Schiller Kralik Iffland Sokrates
Katharina II. von Rußland Bellamy Schilling
Gerstäcker Raabe Gibbon Tschechow
Löns Hesse Hoffmann Gogol Wilde Vulpius
Luther Heym Hofmannsthal Klee Hölty Morgenstern Gleim
Roth Heyse Klopstock Puschkin Homer Kleist Goedicke
Luxemburg Horaz Mörike
La Roche Musil
Machiavelli Kierkegaard Kraft Kraus
Navarra Aurel Musset
Nestroy Marie de France Lamprecht Kind Kirchhoff Hugo Moltke
Laotse Ipsen Liebknecht
Nietzsche Nansen
Marx Lassalle Gorki Klett Leibniz Ringelnatz
von Ossietzky May
vom Stein Lawrence Irving
Petalozzi
Platon Knigge
Pückler Michelangelo Kafka
Sachs Poe Kock Korolenko
de Sade Praetorius Mistral Liebermann Zetkin

Der Verlag tredition aus Hamburg veröffentlicht in der Reihe **TREDITION CLASSICS** Werke aus mehr als zwei Jahrtausenden. Diese waren zu einem Großteil vergriffen oder nur noch antiquarisch erhältlich.

Symbolfigur für **TREDITION CLASSICS** ist Johannes Gutenberg (1400 — 1468), der Erfinder des Buchdrucks mit Metalllettern und der Druckerpresse.

Mit der Buchreihe **TREDITION CLASSICS** verfolgt tredition das Ziel, tausende Klassiker der Weltliteratur verschiedener Sprachen wieder als gedruckte Bücher aufzulegen – und das weltweit!

Die Buchreihe dient zur Bewahrung der Literatur und Förderung der Kultur. Sie trägt so dazu bei, dass viele tausend Werke nicht in Vergessenheit geraten.

Die Königin von Tasmanien

Novellen

Bruno Ertler

Impressum

Autor: Bruno Ertler
Umschlagkonzept: toepferschumann, Berlin

Verlag: tredition GmbH, Hamburg
ISBN: 978-3-8424-6827-6
Printed in Germany

Text der Originalausgabe

Die Königin von Tasmanien

Novellen

von

Bruno Ertler

Diese Novellen wurden im
Herbst 1917 und im Jahre
1918 geschrieben. Sie sind
meiner Mutter gewidmet.

Dichters Dornenstraße

Ich schrieb mein erstes Gedicht in einer geistlichen Erziehungsanstalt in finsterer Novembernacht beim zuckenden Irrschein eines Öllichtes, dessen Flackern und Knistern die einzige eigenwillige Regung in dem langen, ruhevoll atmenden Schlafsaal war.

Außer der Angst, das Ölflämmchen könnte plötzlich verlöschen und so dem Spinnen meiner Phantasie rücksichtslos ein Ende machen, hatte ich das Gefühl aufregenden, durchaus ungehörigen Tuns, das durch nichts zu entschuldigen, aber auch von keiner Macht aufzuhalten war. Deshalb verbarg ich das Gedicht am Morgen sorgfältig in meiner Brieftasche und nahm es die folgenden Tage nur, wenn ich vor jeder Störung sicher war, heraus, um es mit seltsamen Lustschauern durchzulesen und wieder zu verbergen. Dabei klopfte mir mein Blut eine heiße, schamvolle Unruhe in die Schläfen, trotzdem das Gedicht mit den Worten »Oh, gutes Kind!« begann und in allen seinen Strophen nicht eine böse Zeile enthielt. Diese Spannung bekam noch dadurch einen beinahe sündhaften Reiz, daß ich vor den frommen Brüdern, in deren Hände wir gegeben waren, ein Geheimnis hatte. Zwar war ich dessen lange Zeit nicht sicher, weil ich alle Brüder vom hageren Pater Claudius bis zum Novizen Bernardin für mehr oder minder allwissend oder doch in hohem Grade erleuchtet ansah. Je klarer mir jedoch nach vorsichtiger und scharfer Beobachtung ihre Ahnungslosigkeit wurde, desto schwerer drückte mein böses Gewissen und nicht einmal in der Beichte gelang mir die Befreiung. Denn alle Sünden wollte ich eher bekennen, als das Gedicht in meiner Tasche. Zudem schien auch der Beichtspiegel, der mich sonst durch seine überraschenden Fragen auf die verschämtesten Winkel meiner Seele aufmerksam machte, gegen verborgene Dichtung ganz gleichgültig.

Dennoch quälte mich zu allen Zeiten treibende Unrast, ja, manchmal hätte ich meine Tat jubelnd bekennen mögen, aber weil ich an meiner vorbildlichen Umgebung nie Ähnliches bemerkt hatte, so mußte mir das Ungewöhnliche, das ich deutlich fühlte, notwendig sündhaft erscheinen.

So nahmen meine Leiden immer wieder einen neuen Anfang, und ich fand nicht Grund noch Trost dafür. Während ich aber in der kühlen, verzichtenden Vollkommenheit des Klosterlebens still und abgewandt dem unerhörten Angriff gewaltsam fordernder Kräfte meines Innern ausgeliefert war und grübelnd nach deren Sinn und Rechtfertigung suchte, wurde ich allgemach ein Fremdling, fühlte es mit leisem Weh und konnte nichts daran ändern, hatte immer weniger Eifer für die derben Spiele meiner Kameraden und fand auf ihren neckenden Spott mit einemmal nicht mehr das leichte Spitzwort – bis eines Tages unerwartet und doch ganz selbstverständlich die Befreiung kam.

*

Das war der erste Sonntag im Dezember, sonnig, kalt und schneeblitzend.

Einer guten Tante, die in einem nahen Dorf wohnte, war es wieder einmal geglückt, mich aus dem Kloster frei zu bekommen, um mir das viele Fasten überreichlich zu vergüten. Denn wie alle gutmütigen Frauen, hielt sie bei Kindern mehr auf rosige Wangen und einen prallen Körper, als auf Beichten, Rosenkranzbeten und was dergleichen asketische Fertigkeiten noch sein mochten. Wer satt ist, schläft; und wer schläft, sündigt nicht – das war ihre Meinung.

Dorthin hatte ich nun eine Stunde über Land zu gehen, und im Schweben und Verschwingen der feierlichen Sonntagsglocken, in der starken, sichtigen Winterluft und all der lichtübergossenen Hügelweite geschah mir plötzlich das holde Wunder, wie es sonst gewöhnlich erst einige Jahre später, und zwar meistens im Mai, zu geschehen pflegt:

Ich liebte.

Aber auch dadurch unterschied sich diese Liebe von der gewöhnlichen Art, daß sie sich auf keine Geliebte richtete. Es war eine verfrühte, eine beziehungslose, freischwebende Liebe, und nur Schnee, Sonne und der blaue Himmel, vielleicht auch der Dreiklang der Kirchenglocken – am meisten aber wohl das Gefühl, das alles tief innerlich noch ein zweitesmal viel stärker empfangen zu können –, das war es, was in mir einen unermeßlichen, unbeschreiblichen Jubel aufweckte. Mit einem Schlage gab sich mir alles geheimnisvoll freundlich beseelt. Ein Rabe, der würdevoll steif über den Schnee stolzierte, schien mir voll drolliger Gedanken und Absichten, der Kirchturm des Dorfes hatte, wie er langsam aus der weißen Fläche stieg, auf einmal Auge und Mund statt Uhr und Fenster, und als ich an der sehr alten, wackeligen Windmühle bei der Wegbiegung vorüberkam, blieb ich stehen und wartete ein wenig, ob sie mir nicht etwas aus ihrem langen Leben erzählen wollte. Ich hätte in dieser Stunde gar nichts Absonderliches an einer redenden Windmühle gefunden.

Glücklich in der Überfülle von Erscheinungen und Entdeckungen stapfte ich durch den Schnee, in der weichen, blendenden Uferlosigkeit ein winziger, wunderlicher, mehrfach lebendiger Punkt.

*

Die Tante erwartete mich bereits mit einer klug und gütig abgestuften Folge von Gekochtem, Gebratenem und Gebackenem, und war, wie alles an diesem schimmernden Sonntag, voll Freude und Heiterkeit. Beim Essen gab es viel zu fragen und zu sagen. Wie es mir in der Schule gehe – ob die schwarzen Brüder noch immer soviel beteten – was ich von daheim hörte.

Ich hätte in dieser Woche zwei Fleißzettel bekommen, berichtete ich stolz, und Mutter habe mir einen langen Brief geschrieben, da stehe drin, daß es auch zu Hause in den Bergen schon viel Schnee gebe, daß sie ein Schwein geschlachtet hätten und daß zu Weihnachten wieder ein Krippenspiel auf geführt würde.

»Ich habe dir den Brief mitgebracht – und die Fleißzettel auch, in der Brieftasche im Mantel draußen muß alles sein –.«

Ich wollte danach gehen, aber die Tante hatte mir eben ein neues Stück Selchfleisch auf den Teller gelegt, das man, wie sie sagte, schnell essen mußte, weil das Fett sonst stockig würde.

»Den Brief lesen wir nachher,« meinte sie, »du mußt dann auch in den Stall hinüber. Vorige Woche sind sieben Kaninchen auf die Welt gekommen. Auch Meck mußt du begrüßen. Sie fragt immer nach dir.«

Meck war eine Ziege, die ich zu Ostern, als ihre Geschwister geschlachtet wurden, vor dem Messer errettet hatte – sie konnte also mit Grund in Liebe meiner gedenken.

Im Stall fand sich dann auch noch Rüppl, der Knecht, seit jeher mein besonderer Freund, weil er mir einmal ein Kegelspiel geschnitzt hatte. Nicht etwa acht gleichförmige, dumme Walzen und einen Zipfelkönig, nein: jeder dieser neun Kegel hatte seine eigene Gestalt, einen persönlichen, merkwürdigen Kopf, es waren wirklich Bauern und Damen, deutliche Charaktere und Temperamente, lachend und traurig, glotzend und zwinkernd, und der König hatte Bart und Krone, wie sich's gehört, und eine dicke, runde Knollennase. Man konnte mit ganz besonderen Gefühlen jeden der Neun aufs Korn nehmen, und jeder hatte auch seinen Namen: Einer hieß »der Göd«, ein anderer »der Zwicklvetter«, und die Damen nannten wir »Nudlbäuerin«, »Wab'n« oder »Speckmitzl«.

Auch diesmal hatte mir der Rüppl allerhand zu sagen und zu zeigen. Er war von der Bildhauerei zur Musik übergegangen und gab sich alle Mühe, mir in seiner Kammer, wo es nach Schwarzbrot, Tabak und eingesperrten Kleidern roch, die Geheimnisse der Ziehharmonika zu erklären. Immer wieder spielte er mir eine mit Schnarchbässen unterbaute Melodie vor und wollte dann, ich sollte sie ohneweiters nachspielen, setzte mit seinen harten, rindenbraunen Händen meine Finger zart und vorsichtig auf die runden Drucktasten und wunderte sich sehr, als die Töne nicht stimmen wollten.

»Weil du bist doch ein so ein feines Bübl,« sagte er, »das mußt du doch gleich heraußen haben. Aber es ist halt, daß deine Hände noch zu klein sind dazu. Aber später, wenn du einmal groß bist, da mußt du es lernen. Es tut eine sehr schöne Kunst sein für den Feierabend oder wann es Sonntag ist.«

Dann stiegen wir noch auf den Dachboden, wo sich um diese Jahreszeit in der Nähe des Rauchfanges die Fledermäuse anzusiedeln pflegten, fanden ihrer auch richtig eine ganze Gesellschaft höchst unbegreiflich kopfunter in den Sparren hängen, und wie immer, zwang mich auch damals diese vereinsamte, aus versunkenen Welten übriggebliebene Tierform in ihren geheimnisvollen Bann. Rüppl hingegen machte sich ein Vergnügen daraus, die Winterschläfer mit einer langen Stange herunterzustochern und lachte über ihre blinden Flugversuche oder wenn sie mit den Krallen der Hautflügel unbeholfen auf dem Boden herumkrochen. Erst als ich entschieden ihre Partei ergriff, gab er gutmütig nach und ließ von ihnen ab.

∗

Von dem mannigfach Lebendigen dieses echten Sonntags hochgeschwellt und beglückt, wanderte ich gegen Abend durch den Schnee nach dem Kloster zurück, nachdem mir die Tante noch viel Gutes gesagt und gegeben und beim Abschied mit einem besonders warmen und zärtlichen Blick über die Haare gestreichelt hatte. Diese weiche Anwandlung lag sonst nicht in ihrem mehr handfestheiteren Wesen, aber da mir in diesem Tage so vielfach Sinn und Liebe aufgegangen war, empfand ich sie sehr gut zum ganzen passend.

Rüppl, der Knecht, begleitete mich. Wir hatten beide die Kappe über die Ohren und den Schal über den Mund gezogen, waren also ziemlich einsilbig. Nur von den Brüdern im Kloster redete er einiges, und zwar war er durchaus nicht ihr Freund. Das tat mir leid und ich suchte ihn umzustimmen. Aber er blieb dabei.

»Der Mensch ist nicht für ein Kloster auf die Welt gekommen!« sagte er, »und du mußt auch schauen, daß du nicht alleweil drinnen bleibst. Es gibt heraußen mächtig viel zu schaffen.«

Am Abend eines solchen Tages mußten diese Worte auf mich einen starken Eindruck machen. Ich war zwiespältig bewegt, und deshalb schwieg ich. Gestern noch hätte ich leicht eine Antwort gefunden; heute konnte ich nicht mehr entscheiden, ob einer mit solchen Gedanken Recht oder Unrecht hatte.

∗

Als das schwere Tor zufiel und ich in der hohen, leeren Halle stand, an deren Stirnwand, wie überall im Kloster, ein einsames, schwarzes Holzkreuz hing, senkte sich hart und düster das Gefühl der Sünde auf mich nieder. Hier gab es kein Licht und kein Lächeln, nur eine ernste, scheue Grußformel, gleichmäßig hastlosen Sandalenschritt und seinen nachziehenden Widerhall in den Gängen.

Und überall die stumme, vorwurfsvolle Frage: »Kannst du Rechenschaft geben?« Überall jenes »Bist du bereit?«, auf das nur der

Heuchler ein lächelndes »Ja!« findet, das den satten Einfältigen nicht stört, aus wenigen aber, aus ganz wenigen nach ringenden Nächten und marternden Tagen den dunkelglimmenden Funken des Wahns oder die klare, kühle Flamme der Heiligkeit treiben kann.

Das alles wußte ich nicht zu nennen noch zu bannen; es wuchs nur wie eine Ahnung aus dem Schweigen des Hauses, nach dessen verzichtender, stiller Vollkommenheit bisher meine ganze Sehnsucht gegangen war. Weil ich aber an diesem Tage zum erstenmal mit unbezwingbaren Trieben nach etwas anderem verlangt, etwas anderes geliebt hatte, deshalb fand ich mich ruhelos und sündhaft und fühlte die Blicke des Novizen Bernardin voll geheimer Kenntnis auf mir, als er mit uns die Abendandacht hielt. An Stelle der täglichen Heiligenlegende schaltete er diesmal eine lange, schweigende Pause ein, nachdem er uns knapp und kühl aufgefordert hatte, an die Sünden des vergangenen Tages zu denken.

Das konnte nur mir gelten.

Angstgequält schielte ich nach dem Bruder, der im zuckenden Licht der vier Kerzen des Hausaltares regungslos, die Hände gefaltet, starren Blickes auf uns schaute. Er war noch sehr jung, seine vollen Haare blond und gelockt, und das rote Gesicht mit den wuchtigen Kieferästen stark ins Viereck geraten. Eine absichtliche Strenge seiner Mienen war noch nicht zu der selbstverständlichen inneren Kälte der meisten anderen Brüder erstarrt, die blaß, hager und dünnhaarig mit eingezogenen Schultern durch die Gänge schlichen. Daß er aber überwinden würde, was noch weltrot war in seinem Blut, dafür bürgte das harte Kinn und die feste, niedere Bauernstirn.

Meine Gedanken waren von neuem auf ferne Wege geraten, und ich erschrak, als Bruder Bernardin unvermittelt das Schlußgebet zu sprechen begann. Zugleich erkannte ich, daß alles das, was dem Novizen noch zur glatten Vollkommenheit fehlte, mich verwandt ergriffen und in jene Welt zurückgeleitet hatte, deren lockender Vielgestalt ich heute erlegen war und nun in Reue widersagen sollte. Ich war sogleich bereit es zu tun, wäre am liebsten vor dem Bruder hingekniet, meine Sünde zu bekennen – aber ich fand ihren Namen nicht.

*

Zwar wollte eine angenehme Müdigkeit meinen Körper immer wieder einschläfern, aber gleich unentwegt schossen Gedanken und Bilder durch meinen wachen Kopf, und so lag ich denn schließlich in quälendem Halbschlaf, aus dem uns nur ein festes Wollen nach der einen oder andern Seite retten kann. Die Bilder des Tages drängten und ballten sich wie farbige Wolken, nahmen Zerrformen an und verflogen wieder. Plötzlich fiel mir, durch irgend einen Seelenvorgang nach oben getragen, mein Gedicht ein. Schnell und lautlos tastete ich nach meiner Kleiderstelle, fand die Brieftasche im Mantel und zog den vielfach zerbogenen Zettel hervor. Und wie ich sie vor einer Woche im zuckenden Schimmer der Öllampe geschrieben hatte, so las ich die Verse jetzt mit neuer, sonderbarer Vertiefung, zweimal, dreimal, und was kein Gebet, kein Grübeln und Sinnen vermocht hatte, das gelang der geheimnisvollen Kraft des Geschaffenen: das Gedicht schlug eine Brücke zwischen den zwei Welten, denen ich nun – das fühlte ich klar – fortan gehören mußte, zwischen dem starren, ernsten Gebot der Zucht und der vielfältigen, lachenden Sinnenfreiheit, von den gewissenerforschenden, schwarzen Mönchen hinüber zur märchenplaudernden Windmühle, zum äugenden Kirchturm im sonnigen Land, zur lustigen Ziehharmonika und den abenteuerlichen Fledermäusen.

Daß all dies vereint sein könnte, ohne einander zu stören, wagte ich noch kaum zu glauben, aber die Ahnung einer solchen Möglichkeit war allein schon Glück, und indem ich dankerfüllt zu beten versuchte und keine Worte fand, schlief ich ein.

*

Im festen Gleichmaß der folgenden Tage verblaßte das vielfach Erschütternde dieses Sonntags mehr und mehr. Schließlich war es nur noch eine sehnsüchtige Erinnerung, farbig und unwahrscheinlich licht, wie wir jedes verschwebende Ereignis langsam und stet zum schönen Bild gestalten. Nur das Gedicht blieb Wirklichkeit, aber seine erlösende Kraft verlor sich nach und nach. Denn diese Verse, die mit »Oh, gutes Kind« begannen, waren noch ganz aus jener vorsonntäglichen Welt, die sich aus Einkehr und kühlem Gebet Vollkommenheit und Gottesnähe einbildete, indem sie sich vor dem wunderstarken Hauch des Lebens ängstlich und hochmütig hinter Kreuz und Litanei verschanzte. Ich aber ahnte nun etwas anderes, und je öfter ich unruhig prüfend meine Schöpfung durchsuchte, desto weniger konnte sie mich trösten.

Das aber, was mich unklar bewegte, vermochte ich mit keinem befreienden Wort zu nennen.

Mir blieb wieder nur Sehnsucht und Einsamkeit, und langsam gesellte sich dazu auch eine stete, stille Auflehnung gegen das starre Gleichmaß der vollkommenen Welt, in der ich lebte. In kleinen Dingen schlug ich ihr manchmal ein Schnippchen, versuchte da und dort mich dagegen zu stemmen, blieb in der Schule Antworten schuldig, die ich leicht hätte geben können, und plauderte, wenn Schweigen geboten war; aber der Erfolg war nur, daß man meine Bemühungen, die mich selbst in die gespannteste Aufregung versetzten, entweder gar nicht bemerkte, oder mich gleichsam mit der linken Hand zur Seite schob und mir Vernunft empfahl. Diese zweifellose Überlegenheit erbitterte mich sehr. Ich sah mich durchschaut und verhöhnt, und es gab Augenblicke, wo ich an allem zweifelte und zu glauben geneigt war, jener Sonntag sei doch nur ein lockendes Trugbild der Sünde gewesen.

Und wieder und immer wieder forschte ich vergeblich, wie diese Sünde zu nennen und damit auch zu bannen wäre.

*

Eines Tages aber griff von außen her eine Macht in den Gang der Dinge ein und stellte alles zu einer Entscheidung, die in so schwerer, düsterer Form erfolgte, daß sie unauslöschlich und bedeutend in meiner Seele stehen blieb. Es war das erste Bekenntnis zu meiner eigenen Welt gegen jene andere, die ich so lange herausgefordert hatte, bis sie sich in ihrer ganzen erdrückenden Macht vor mir aufstellte und in einer ewigkeitlangen Minute starr in meine Augen und viel tiefer schaute.

Und wenn ich auch später daraufkam, daß diese Kampfstellung auf Leben und Sterben nur in mir vorhanden war, indes es sich in Wirklichkeit um eine leichte, ja sogar ein wenig unterhaltende Sache handelte, so änderte das nichts an der Wucht meines Erlebnisses.

Auch lag meine tragische Auffassung zum Teil in den unfreundlichen Formen des Klosterlebens, vor allem aber wohl darin begründet, daß ich seit dem Entstehen meines Gedichtes in einen Wirbel damit mehr oder minder zusammenhängender Ereignisse geraten war, wovon diese Geschichte ein Bild zu geben suchte, und die mich seit Tagen und Wochen so beherrschten, daß ich auf der Gegenseite notwendig Ähnliches voraussetzen mußte, während die Brüder in Wahrheit gar nicht an mich dachten. Da ich aber damals noch ein Recht darauf hatte, ganz in meinem Temperament zu leben, so war dieser Denkfehler sonst gewöhnlich ein Kennzeichen der Verliebten – ganz natürlich.

*

Das Ereignis begann damit, daß Bruder Friedrich in der Besprechung des Bibeltextes, der für diesen Tag zu lernen war, plötzlich innehielt und mich eine Weile schweigend ansah, als sei ihm bei meinem Anblick ein Gedanke durch den Kopf gegangen, der ihn nun festhielt. Er schien zu überlegen, ich war unruhig und witterte sofort einen Angriff; die Klosterschüler schauten mit gespannter Neugier bald auf mich, bald auf ihn. Schließlich sagte Bruder Friedrich langsam und jedes Wort betonend:

»Kennst du das Gedicht ›Oh, gutes Kind‹ . . .?«

Und er sprach die ersten zwei Verse.

Ich war, wie vom Blitz getroffen. Was war das? Woher wußte er – –? Hier war offenbar ein Wunder geschehen!

Er mußte meinen Schreck bemerkt haben.

»Nun?«, fragte er nach einer Pause, während welcher er mich unverwandt angesehen hatte.

Ich nahm mich zusammen.

»Ja«, sagte ich.

»So. Nun dann komm einmal zu mir heraus und sprich es mir vor.«

Zitternd, aber fest entschlossen, nun für alles einzustehen, bestieg ich das erhöhte Podium, auf welchem das Bibelpult stand, und sagte mein Gedicht herunter.

Die Klosterschüler hörten mit fragendem Lächeln zu. Ich hatte die Überzeugung, daß sie nicht wußten, was hier zwischen mir und Bruder Friedrich vorging. Auch ich wußte ja nur die Hälfte, und niemand beschreibt meine Aufregung, als ich in seiner Hand ein Blatt Papier bemerkte, auf welchem er das Gedicht Wort für Wort verfolgte, indem er bei jedem Vers wie zur Bestätigung leicht nickte.

»Es ist gut,« sagte er, als ich fertig war, und seine Stimme verriet weder Freude noch Groll oder Überraschung, »geh wieder an deinen Platz. Heute nach Mittag kommst du mit mir zu Pater Claudius hinauf.«

Die letzten Worte wirkten auf die Klosterschüler wie ein Schuß im Hühnerhof. Ein schwer unterdrücktes Murmeln heilloser Überraschung ging durch die Bänke. Am liebsten hätten sie alle durcheinandergeschrien:

»Wie?! Zu Pater Claudius?! Warum? Was hat er angestellt? Was ist's mit diesem Gedicht?«

In ihren Blicken lagen alle diese Fragen, aber Bruder Friedrichs Angesicht war unbeweglich wie aus Stein, und auch ich hätte mir in diesem Augenblick lieber die Zunge abgebissen, als ein Wort gesagt. Zudem gebot ihnen die Klosterzucht eisernes Schweigen, und Bruder Friedrich nahm sogleich wieder mit ruhiger, gleichmäßig hinfließender Stimme die Bibelexegese auf.

*

Zu Pater Claudius also!

Jeder im Kloster wußte, was das bedeutete.

Den hageren Prior sahen wir nur sonntags oder an hohen Feiertagen in der Kirche im Chorstuhl sitzen. Sein schmales, blasses Gesicht hatte lauter harte, senkrechte Falten. Sie zogen sich von den Augen, der Nase und den Mundwinkeln abwärts, kein lachender Querstrich milderte sie, und an der festen Nasenwurzel hatte Pater Claudius eine tiefe Willensfalte, die wie eine Narbe aussah und weiterlaufend der hohen, weißen Stirne Klarheit und Ruhe störte. Auch ohne das silberne Kreuz auf der Brust hätte ihn jeder für den ersten unter den Brüdern halten müssen, obgleich er bei weitem nicht der älteste war.

Verstohlen blickte ich oft zu ihm hinüber, vertiefte mich in das harte, eigenartig schöne Profil und suchte den Blick seiner unnachsichtigen, grauen Augen, wenn ich prüfen wollte, ob mein Gewissen rein wäre. Die Sklavenangst der meisten Klosterschüler vor Pater Claudius teilte ich keineswegs. Ich stand ihm etwa so gegenüber wie dem lieben Gott, den ich trotz Allwissenheit und Allmacht nie für zornig oder bösartig halten konnte, soviel ich auch von seiner gefährlichen Rachsucht zu hören bekam. Ich erfand mir denn auch, wenn ich wirklich ein Anliegen an ihn hatte, meine Gebete selbst und sagte ihm alles ohne Umschweife.

So leicht wie mit Gott Vater war der Verkehr mit Pater Claudius nun freilich nicht. Es gab gewöhnlich nur einen Weg zu ihm, und dieser Weg führte über die Prügeltreppe. Das war eine finstere, ausgetretene Holzstiege, die in einen öden Vorraum führte. Von da ging eine hohe, schwarze Doppeltür ins Zimmer des Priors, und in einer Seitenwand konnte man eine kleine Tapetenpforte entdecken, von der niemand recht wußte, was sie verbarg. Weil aber nur schwere Sünder vor Pater Claudius geführt wurden, die dann mit verweinten Gesichtern, am ganzen Körper schmerzempfindlich, zurückkamen, so spannen sich wilde Phantasien um diese Räume. Es handelte sich dort in Wahrheit wohl nur um eine ganz gewöhnliche Tracht Prügel; unsere junge Vorstellungskraft aber, stets mit den Bildern von Martyrium und Folter erfüllt, denen wir in den vielen schweigenden Klosterstunden ungestört nachhingen, zauberte hinter die geheimnisvolle Tapetentür eine wohlausgestattete Folterkammer mit Winden, Schrauben und Geißelpfahl. Denn was da oben wirklich geschah, das durfte keiner verraten – wohl damit die Angst vor dem Ungewissen desto quälender sei.

Die Prügeltreppe also mußte man gehen, wenn man ein Dichter war; das habe ich damals in zwingender Gegenständlichkeit erlebt, und als ich viele Jahre später auf der Seufzerbrücke in Venedig stand, fiel mir plötzlich der finstere Dezembernachmittag ein, an welchem ich neben dem schweigenden, schwarzen Bruder Friedrich die düstere Holztreppe hinaufstolperte.

Vor allem quälte mich der Gedanke, wie eine Abschrift meines Gedichtes überhaupt entstehen und in die Hände der Brüder kommen konnte. Der zerknitterte Zettel war nie aus meiner Brieftasche gekommen und befand sich auch jetzt darin. Meinem damaligen Seelenzustand entsprach es durchaus, daß ich mich sehr bald zu dem Glauben an ein Wunder entschloß; denn daß es dergleichen gab, wurde uns täglich vorgehalten, und von verschiedenen kleinen Gotteszeichen, wie etwa vom Zerreißen eines Rosenkranzes in bedeutsamer Sekunde oder vom nächtlichen Glühen eines Heiligenbildes wußte unter den Klosterschülern bald der, bald jener zu berichten.

*

Von Wunderglauben und Märtyrerbereitschaft beseelt, trat ich in das Heiligtum des Priors ein. Es war ein langes, ziemlich schmales Gemach, weiß und kahl, mit einer Kreuzgewölbdecke. An Stelle eines Tisches war ein sehr großes Doppelpult zu sehen, das fast den ganzen Raum einnahm und auf jeder Langseite drei oder vier Plätze hatte. Am Kopfende des Pulttisches saß in einem erhöhten, steifen Lehnstuhl gerade und unbeweglich wie eine Pharaonenstatue der hagere, bleiche Pater Claudius. Auf den etwas tieferen Seitenplätzen rechts und links von ihm bemerkte ich die Brüder Michael und Engelbert. Sie saßen in typischer Haltung, still, gottergeben und schläfrig, leicht vorgeneigt, und jeder hatte die Hände über dem Magen in die gegenseitigen Kuttenärmel geschoben. Ein Geruch von Weihwasser und alten Büchern lag über der eintönig dunklen Gruppe, nur die weißen Patten an den Halskragen der Talare und das silberne Kreuz auf der Brust des Priors schimmerten schüchtern und ernst durch die graue Dämmerung des Winternachmittags. Außer einem ziemlich großen Weihwasserbecken neben der Türe, einem bis zur Unkenntlichkeit verdunkelten Heiligenbild, und dem schmalen, schwarzen Kreuz über dem Haupte des Pater Claudius zeigten die kalkgetünchten Wände keinen Schmuck.

Auf meinen Gruß sprachen die drei Brüder gleichgültig leiernd die Antwortformel, ohne sich dabei irgendwie zu bewegen. Bruder

Friedrich hieß mich durch ein Zeichen am unteren Tischende stehen bleiben und begab sich ohne Eile an seinen Platz am Pult. Während auch er die Hände in die weiten, schwarzen Ärmel schob, gab er, gleichtönig vor sich hinsprechend, einen genauen Bericht über alle Erfahrungen, die er jemals an mir gemacht hatte. Er erzählte, wie ich mich in der Schule hielt, wie ich die Klostervorschriften befolgte, und was sonst aus meinem sehr gleichförmigen Leben zu berichten war. Auch meine sonntägliche Abwesenheit wurde erwähnt, und zuletzt beschrieb er, was sich am Vormittag in der Schule zugetragen hatte, vermied aber – wie es mir schien im Einverständnis mit den andern – jede Andeutung, wie das Gedicht in seine Hände gekommen war.

Nach einer lautlosen Pause nahm Pater Claudius das Wort. Er nannte meinen vollen Namen, was allein schon höchst ungewöhnlich war, da wir sonst nur mit unseren Bettnummern gerufen wurden, und fuhr dann fort:

»Du bist ein Christenkind, ein Zögling des heiligen Aloisius, und wirst vor uns keine Lüge sprechen. Antworte mir also: Wer hat dieses Gedicht gemacht?«

Diese Frage nach einer ganz selbstverständlichen Sache kam mir sehr unerwartet, und ich schwieg einige Sekunden, weil ich damit gar nichts anzufangen wußte. Bruder Friedrich wandte sich langsam nach mir.

»Nun?«, fragte er halblaut.

»Ich – natürlich – ich –«, sagte ich da.

»Gut«, antwortete Pater Claudius. »Und wer hat dir dabei geholfen?«

Ich fühlte sehr gut die geringschätzende Voraussetzung in dieser Frage und sagte daher trocken:

»Niemand.«

»Denke genau nach«, sagte Pater Claudius. »Hast du zu keinem Menschen davon gesprochen?«

»Nein.«

Eine kurze Pause entstand. Die Brüder sahen ruhig vor sich hin; Pater Claudius richtete einen langen, geraden Blick auf mich, der gleichsam alle seine Fragen wiederholte und unterstrich. Dann sagte er:

»Hast du irgendwo Bücher, in denen Gedichte stehen?«

Ich hätte nur meine Schulbücher, sagte ich.

Er dachte ein wenig nach. Bruder Friedrich, der seine Gedanken erriet, sagte:

»Ich habe nachgesehen. Es kommt keines in Betracht.«

Wieder entstand ein Schweigen, wieder traf mich der forschende Blick. Mir war, als habe dieses Verhör den bestimmten Zweck, mich schuldig zu sprechen und zu verurteilen. Die Brüder dachten offenbar in dieser Richtung nach. Zugleich aber wußte ich, daß es ihnen nicht gelingen würde, mich mit Fug und Recht in die Folterkammer zu bringen, an deren Dasein ich in dieser Stunde fester denn je glaubte. Ein Unrecht aber würden sie nicht wagen. Gott war zugegen, und der knochige Prior mit dem Kreuz über dem Kopf und dem Kreuz auf der Brust war nicht minder in seine Hand gegeben, als ich. Das empfand ich mit tröstender Beruhigung, und hätte nicht die geheimnisvolle Kenntnis des Gedichtes und die mystischen Schauer dieses vielberufenen Ortes den Brüdern ihren Nimbus gewahrt und mich in scheuem Bann gehalten, so hätte sich der kühne Triumph, der in mir aufzustehen begann, wohl kaum niederdrücken lassen. Die Welt, in deren Namen ich hier zu stehen glaubte, erwies sich mir plötzlich als ebenso gottverwandt und vielleicht noch mächtiger, als jene andere, die meine vier finsteren Richter vertraten.

Ihr könnt mir nicht an. Denn was ich zu tun scheine, geschieht mit mir. Wie wollt ihr es hindern, ohne dabei auf den zu stoßen, der euer Richter ist?

Das war es, was in dieser Stunde undeutlich aber stark in mir zum Leben erwachte.

*

Pater Claudius begann wieder zu sprechen.

»Wir haben dich alle gehört,« sagte er, »ich habe dich vor der Lüge gewarnt. Nun wirst du uns beweisen, daß du die Wahrheit gesprochen hast; wir rufen Gott selber an, daß er für dich zeuge. Strecke deine rechte Hand aus und lege sie hier an die Tischkante.«

Ich fühlte mich wie auf einer Wolke schweben, als ich die zuckenden Finger nach der angegebenen Stelle ausstreckte. Die Brüder hatten die schwarzen Tonsurkäppchen abgenommen, als der Prior Gott anrief, und drehten langsam ihre Köpfe nach mir. Die unbarmherzig geraden Blicke von acht Augen lagen auf meiner Hand. Ich war im Innersten davon überzeugt, daß ein Blitz niederfahren oder meine Schwurfinger verdorren mußten, wenn irgend etwas von Lüge in mir war.

Ob die gewissenläuternde Spannung dieser Gottunmittelbarkeit lange oder kurz dauerte, weiß ich nicht zu sagen. Aber ich weiß, daß ich bis zu jenem Augenblick, da ich die Hand auf die Tischkante legte, in meinem ganzen Leben nichts von ähnlicher Tiefe und Bereitschaft erfahren hatte.

*

Was Pater Claudius dann noch sagte, daß die Gabe der Poesie ein Gottesgeschenk sei und uns nicht hoffärtig machen dürfe, indem wir auf das Ewige vergäßen und uns dem Irdischen ergäben, daß sie mein Gedicht von daheim bekommen hätten, wohin es die Tante geschickt, nachdem sie es auf der Suche nach Briefen und Fleißzetteln in der Manteltasche gefunden und schnell abgeschrieben hätte, während ich mit Rüppl Harmonika spielte und Fledermäuse aufjagte – alles das hörte ich nur halb und unklar, wie eine Predigt durch das geschlossene Kirchentor. Auch als der Pater mich am Ende aufforderte, alle künftigen Gedichte ohne jeden Umweg sogleich ihm selbst vorzulegen, war mir, als spräche er zu jemand ganz Fremdem.

Schweigend, bald fröstelnd und bald von seltsamen Glutwellen durchschauert, kam ich zu den Klosterschülern zurück, die mich neugierig, halb wissend, halb ahnend von der Seite ansahen und wahrscheinlich gerne erfahren hätten, welche Folter ich oben hinter der stummen Tür habe ausstehen müssen, um in wilder Vollendung davon zu träumen.

Aber ich konnte ihnen kein Wort sagen, und so vermuteten sie wohl, es müsse etwas ganz Unerhörtes gewesen sein.

*

Pater Claudius bekam kein zweites Gedicht von mir in die Hände.

Wahrscheinlich fragte er öfters danach, denn wiederholt wurden mein Bücher, Hefte und Notizen einer genauen Durchsicht unterzogen. Aber es fand sich nichts.

Denn erst als der Schnee geschmolzen war, die schöne Erde in Millionen Blüten aufging und das Kloster auf immer weit hinter mir lag, begann es in mir wieder zu dichten. Aber die gewissenerforschende Scheu diesen Stimmen gegenüber, die mir die Feder immer so schwer macht, ist wohl seit damals in mir geblieben.

Die Königin von Tasmanien

Ich habe die kleine gelbe Marke nie gesehen – oder doch – einen Augenblick, den flüchtigen, tieferregten Augenblick vor ihrem Ende. Aber die frühe, gewaltige, bilderschaffende Sehnsucht, meine erste leidenschaftgroße Sehnsucht ging nach ihrem Besitz, Tage lang, Nächte durch, im Träumen und Wachen, im Spielen und Beten, und alles Schöne und Abscheuliche, Freude und Schmerz, Liebe und Haß, alle Engel und Dämonen, die jemals mein Leben weiterrissen oder hemmen wollten, wirbelten damals zum erstenmal ihren gestaltenreichen, tief sonderbaren Tanz um jenes Nichts, daraus in gläubigen Herzen eine Welt von Wundern wächst.

Wie jeder im Leben, wenn die Zeit an ihn kommt, nicht an der Liebe vorbei kann, so entging keiner aus unserer Klostergemeinschaft um die Zeit, da das Herz voll Angst und Gier nach der ersten Leidenschaft tastet, ehe Eros alle andern Götter entthront, dem zwingenden Lebensgesetz, Briefmarken sammeln zu müssen. Und wie in jeglichem Dorf und Städtchen eine Schöne wohnt, von der jeder einmal träumt, bis sie gewöhnlich ein schlechter Kerl bekommt, so überfiel die gelbe Marke aus Tasmanien irgend einmal jede der zwei Dutzend halberwachten Seelen und riß sie in die Höhe, ihre Art zu bekennen.

Ja, dieses kleine Stückchen bedrucktes Papier war unser Dämon.

*

Keiner wußte sicher zu sagen, wer die gelbe Marke jeweils besaß; aber jeder kannte sie. Allerdings gingen die Beschreibungen weit auseinander, so daß es plötzlich wieder den Anschein gewinnen konnte, als habe sie keiner je gesehen. Ja, manchmal stiegen Zweifel auf, ob die Marke aus Tasmanien überhaupt unter uns vorhanden wäre, bis unvermutet ein Gerücht auftauchte, Karl habe sie im Katechismus versteckt, oder Drogo, der älteste und stärkste unter uns, halte sie in der Lade seines Nachttischchens verborgen. Wenn dann aber einer heimlich Karls Katechismus durchsuchte oder gar in der Nacht in Drogos Lade stöberte – denn um die Marke aus Tasmanien wagte man alles – so fand sich nichts.

In den Markenbüchern, die wir mit Stolz einander vorführten, war sie nicht zu suchen. Keiner wäre so dumm gewesen, die gelbe Marke dorthin zu kleben, wo sie keinen Tag geblieben wäre. Sie kam natürlich auch nie auf den Markt, wo andere Marken gegeneinander oder für Semmelteile hitzig und wortreich verfeilscht wurden. Der Semmelteil (eine Semmel hatte fünf Teile) war unsere Scheidemünze. Es gab Marken, deren drei man für einen Teil haben konnte, aber auch solche zu zwei, vier oder sogar sechs Teilen. Die Tasmania-Marke wurde auf den unerhörten Wert von acht bis zehn Semmelteilen geschätzt!

Ja, wer die hatte, war glücklich – – –.

Voll Mißgunst schlich oft einer um den andern, mit verstellter Freundlichkeit suchte man Vertrauen zu erstehlen, wo man Besitz vermutete, einer wurde plötzlich hinterrücks überfallen und bis auf die Haut durchsucht, wobei es grobe Püffe setzte, treue Freundschaften zerriß der Neid, und während des Gebetes fraß ein zehrendes, nimmersattes Begehren alle Andacht auf.

*

Geraume Zeit ging das alles an mir vorbei, ohne mich mehr oder weniger zu bekümmern, als dies im allgemeinen fremde Freuden und Leiden tun. Damals schlief mein Herz noch in schöner Ruhe zwischen Wiesenfreude und Christbaumsehnsucht. Aber die Flamme züngelte und leckte. Ich begann, mehr dem allgemeinen Brauch als eigener Neigung folgend, von Briefen und Postkarten die Marken vorsichtig abzulösen und klebte sie nach Sammlerart an einem Streifchen Papier in ein Heft, das ich mir zu diesem Zwecke angelegt hatte. Deutschland, Österreich, Ungarn und Frankreich waren bald gut vertreten, Italien, die Schweiz und Amerika folgten; langsamer ging es mit Rußland, Spanien und England. Ich fand mich jetzt natürlich auch auf dem Tauschmarkt ein, der in den Pausen stattfand, handelte und kämpfte, und genoß stets nur die Hälfte meiner Frühstücksemmel.

Mit sicherem Griff packte mich der Teufel beim Kragen.

Mein ganzes Innenleben, das bis dahin nur Heiligen und Tieren gehört hatte, war jetzt von der einzigen Sucht besessen, möglichst

viele und verschiedene buntbedruckte, kleine Papierchen zusam-
menzufassen. Ich lernte viele gegenwärtige und etliche vergangene
Staatsoberhäupter Europas in allen Farben kennen, fand mich
schnell in Münzwesen und Wappenkunde zurecht, erfuhr den Be-
griff des Liebhaberwertes, aber leider auch allerhand Kniffe und
Schliche, dem Unerfahrenen eine wertlose Marke anzudrehen oder
ihn sonstwie zu übertölpeln. Man mußte vorsichtig sein. Es gab da
gewisse Marken mit kleinen Fehlern, die fortwährend als falsche
Tauschwerte unterwegs waren, aber auch einige wertvolle, die an-
dauernd gestohlen wurden, so daß man selbst bei ehrlichstem Han-
del plötzlich als Dieb oder Hehler dastehen konnte und sehen mußte, wie man seine Haut und Habe rettete.

Ja, das Dasein wurde hart und gefährlich.

Ich bekam viele Feinde und hatte auf einmal keinen Freund, je
reicher mein Markenbuch wurde. Dagegen drängte sich nun der
rothaarige Berner mit kriechender Ergebenheit an mich heran, und
auch einige andere erwiesen mir unerwartete Artigkeiten, die mir
deshalb unheimlich waren, weil ich in meinen eigenen Werten keinen Unterschied gegen früher fand, wo sich oft keiner um mich
gekümmert hatte. Auch bemerkte ich recht gut, daß sie hinter meinem Rücken flüsterten, als planten sie etwas gegen mich. Da niemand recht zu mir hielt, erfuhr ich nichts von den Dingen um mich
her; fragen und schleichen wollte ich nicht, und so kam es, daß ich
immer mehr in mich hineinkroch und einsam mit meinem Reich-
tum mitten unter ihnen stand, die sich stritten, prügelten und be-
trogen, einander Treue gelobten, wenn es nützlich schien, sie ebenso leicht und froh wieder brachen und bei alledem lustig und laut
waren, als drückte sie nie ein Traum oder eine Sorge.

Sie lebten – und ich hatte Sehnsucht danach, zu sein wie sie.

Aber so oft ich einen Versuch machte, mich ihnen zu nähern,
fühlte ich mich unverkennbar zurückgestoßen.

»Was willst du von uns?« schienen sie zu sagen, »du brauchst ja
nichts – du hast ja alles.«

Es war wie ein Griff ins Wasser: Nichts blieb in meinen verlan-
genden Händen zurück, als höchstens ein kleiner, glatter Wurm,
der sich mir flink durch die Finger wand.

Ich hatte nur mein Markenbuch; das freilich war stattlich und reich wie keines. Tagsüber trug ich es stets bei mir, und abends nahm ich es mit ins Bett, weil ich lauter Diebe um mich witterte. Ich hatte auch gerungen darum und Hunger gelitten – ach wie viel! Immer wieder blätterte ich darin, obgleich ich jede Seite schon auswendig kannte, und streifte mit der Hand liebkosend über dieses und jenes farbige Läppchen, um das ich besonders gebangt und gefastet hatte. Der rote Berner saß dann gewöhnlich als einziger neben mir, obwohl ich ihn nicht leiden mochte, und lobte mich und meine Marken.

»Ja – du kannst stolz sein – nicht einmal der Karl hat die rote Kanada – wenn du jetzt noch die Tasmania hättest –.«

»Wer hat die?« fragte ich schnell.

»Ich weiß es nicht – aber ich werde es schon herauskriegen. Was gibst du mir?«

Ich sah den Berner von der Seite an. Er blinzelte mit seinen kleinen, rotgeränderten Äuglein zu mir herauf, denn er kauerte, wie dies seine Gewohnheit war, zu meinen Füßen.

»Was gibst du mir?« fragte er noch einmal.

»Eine Semmel« sagte ich.

Er überlegte.

»Und wenn ich sie dir gar verschaffe –?«

»Wie wolltest du das? Ich will nur wissen, wer sie hat. Das andere mache ich schon selber.«

Er blinzelte wieder. »Ich weiß, wo sie ist –.«

»Wo?«

»Der Jan Merkel hat sie.«

»Jan –?«

Jan Merkel war mein bester Freund gewesen, bis sich die französische 50-Centimes-Marke, die ihm gestohlen worden war, eines Tages in meiner Sammlung vorfand. Ich hatte sie von Drogo für fünf Teile ehrlich gekauft. Das glaubte mir Jan nicht und nannte mich einen Dieb. An den starken Drogo getraute er sich nicht heran. Wir aber sprachen seither kein Wort mitsammen.

»Soll ich sie dir schaffen –?«, flüsterte der rote Berner lauernd.

Ich wandte mich ab und schwieg.

Aber nun fraß die Sucht in mir.

Auf ehrlichem Wege war die Tasmania-Marke nicht zu bekommen – für mich zu allerletzt – das stand fest. Jan Merkel würde sie mir nie geben, auch dem Berner nicht, den er verachtete wie ich – und mit dem er mich doch immer beisammen sah. Der gelbe Dämon aber hatte mich nun einmal in den Krallen und rüttelte so viele schlummernde Kräfte in mir auf, daß ich davor erschrak und zeitweilig wie im Fieber ging. Ich dachte nur noch an die Marke aus Tasmanien, meine ganze Sammlung freute mich nicht mehr ohne sie.

*

»Wie sieht sie aus?« fragte ich einmal plötzlich den Berner.

»Wer?«

»Nun wer! Die Marke!«

»Die Tasmania?«

»Ja –! Wie sie aussieht!!« drängte ich voll Ungeduld.

Er blinzelte, als freue er sich über etwas.

»Ich habe sie nur einmal gesehen,« sagte er, »damals gehörte sie dem Karl. Sie ist gelb – orangegelb; die Königin Viktoria von England ist darauf, denn Tasmanien ist ein englisches Land –.«

»Wo liegt das?«

»Ich weiß es nicht. Weit irgendwo – Ja, wenn du die noch hättest –.«

Ja, wenn ich die noch hätte – –!

Während der Schulstunden liefen meine Augen verstohlen aber unentwegt über die Landkarten, die nicht weit von meinem Platz an der Wand hingen.

Ich suchte das Land Tasmanien.

Ganz Afrika durchforschte ich, denn das hing zunächst. Ich kam nach Ägypten, stieß nach Abessynien vor, entdeckte Somali-Land und das Volk der Suaheli, fand an der Küste von Mozambique die Städte Quelimane und Inhambane, ging Flüssen von unglaublicher Länge nach, kam an dunkelbraune Bergstöcke mit weißen Gletschern und in weite, gelbe Wüsten. Ruhelos forschte ich weiter, durchsuchte Arabien und Indien, ganz Asien und Amerika – aber Tasmanien fand ich nicht.

In der Nacht jedoch, wenn ich auf meinem Markenbuch schlief, war ich plötzlich dort. Da gab es Palmen in hellem Sonnenschein, Papageien in allen Farben, und drollige, langgeschwänzte Affen, die einander mit seltenen roten Früchten bewarfen. Dunkle Menschen waren da und ein unendliches, blaues Meer mit großen Schiffen, die weiße Segel hatten.

Es war nichts als Farbe und Sonne in diesem Land.

Und einmal sah ich seine Königin, wie sie ganz allein in einem Palmenhain spazieren ging. Sie war nicht dunkel, wie die anderen Tasmanier, sondern eine liebenswürdige, schöne, weiße Frau von unnahbarer, einsamer Hoheit. Ein wenig sah sie der Königin Viktoria ähnlich, wie ich sie von den Briefmarken kannte, ein wenig der Mutter Gottes auf dem Hochaltar unserer Kirche. Aber noch etwas empfand ich an ihr, was weder Königin noch Himmelmutter war, mich unerhört glückselig machte und wofür ich keinen Namen fand. Das Strahlen und Leuchten aber, das von der Erscheinung ausging, so daß man die Hand vor die Augen halten mußte, kam von einem glänzenden, tief gelben Mantel, der die Königin vom Kinn bis zu den Zehen umhüllte und eine lange Schleppe hatte. Und ich wußte nicht, was ich zu ihr sagen sollte, denn ich hatte ja noch nie mit einer Königin gesprochen. Weil sie aber auch der Mutter Gottes ähnlich sah, kniete ich nieder und breitete die Arme nach ihr aus. Da aber sprang ein flinker Affe von der nächsten Palme und schob seinen langen, dünnen Arm zwischen mich und die Königin. Und während ich mit Staunen bemerkte, daß er einen roten Schopf und kleine zwinkernde Äuglein hatte, war die gelbe, strahlende Königin plötzlich verschwunden.

Ich wachte auf. Es war finster und kalt. Draußen pfiff der Wind.

*

Immer dachte ich an meinen Traum – an die Marke – an die Königin. Ich schlief jeden Abend mit dem Wunsch ein, von ihr zu träumen – aber sie kam nur selten. Am Tage jedoch konnte es sein, daß ich sie durch beharrliches, starkes Denken auf einen kurzen Augenblick wirklich herbeizauberte. Ich sah ihren gelben Mantel leuchten, sah sie wie vom Himmel herab lächeln, sich ein wenig neigen – und war glücklich. Hatte ich früher zuweilen an meiner Einsamkeit gelitten und mich zu den andern gesehnt, so war jetzt Licht und Frieden in mir, ich war reich und verlangte nach nichts als meiner Königin.

Auch das Land Tasmanien suchte ich nicht mehr auf der Karte. Was sollte mir seine geographische Lage, seit ich sein ganzes Glück besaß!

Und während sich alle um mich her an den Schulaufgaben mühten, zankten, balgten und feilschten, ahnte keiner von ihnen, daß eine strahlende, wunderschöne Königin zu mir kam, so oft ich mit meinem ganzen Herzen nach ihr verlangte.

*

An einem kalten Novembermorgen, als ich eben in meine Frühstückssemmel beißen wollte, blinzelte mich der Berner vielsagend an.

»Ich hab' sie,« zischelte er, »gib mir deine Semmel –.«

Ich tat, als hätte ich ihn nicht verstanden, denn ich fühlte Jan Merkels Augen auf mich gerichtet, und ich schämte mich immer, so oft er mich mit dem Berner sprechen sah.

Noch ein zweitesmal versuchte der Berner, mir etwas zuzuflüstern, indem er zugleich verstohlen die Hand herhielt; aber ich wich ihm aus. Etwas zog mich von ihm weg.

Während der Schulstunden aber wurde ich den Gedanken an die Marke nicht los, immer und immer wieder war er da, so oft ich ihn auch mit ganzem Willen zurückdrängen mochte. Heimlich blätterte ich in meinem Sammelheft, wo schon längst ein Ehrenplatz für die

Heißersehnte bestimmt war. Dann verirrten sich meine Blicke sonderbarerweise gerade heute wieder auf die Landkarte und gingen dort planlos hin und her, auf und ab, eigentlich ohne etwas zu suchen.

An die Königin dachte ich diesen ganzen Vormittag nicht einen Augenblick.

Um die Mittagsstunde wußten bereits alle: Einer hatte dem Jan Merkel die gelbe Tasmania-Marke gestohlen. Das Gerücht summte hin und her, bös und gefährlich, wie eine Hornisse am Fenster, und es war nicht abzusehen, wen schließlich der giftige Stachel treffen würde. Ich war unruhig und getraute mich nicht dem Jan Merkel in die Augen zu sehen. Einmal war ich nahe daran ihm alles zu sagen. Ich hatte den Berner nicht gedungen – hatte ihm keine Antwort gegeben – damals nicht, als er sich erbötig machte – und heute früh auch nicht –. Ich bin kein Dieb, Jan Merkel!

Aber ich sagte kein Wort.

Was ging mich die Marke überhaupt an? Ich hatte doch die Königin. Zwar heute – heute wollte sie nichts von mir wissen – und plötzlich war es mir klar, daß ich nur deshalb so ruhelos war und ein schlechtes Gewissen hatte.

Unwillig blätterte ich während der Abendpause in meinem Markenheft, das ich heute beinahe haßte. Über keine Marke streichelte ich liebkosend – ich hätte sie auf einmal alle zerreißen mögen. Das Gemurmel wegen der gestohlenen Tasmania ging um mich herum, und ich konnte recht gut merken, daß der Verdacht sich mehr und mehr auf mich senkte. Blicke trafen mich – spitze Worte fielen, wie von ungefähr, in meiner Nähe. Da packte mich ein wilder, häßlicher Trotz gegen alle: Und wenn auch! Haltet mich für einen Dieb oder wofür ihr wollt – ich besitze doch das reichste Markenbuch – und wenn ich will, habe ich heute noch die gelbe Marke aus Tasmanien!

Absichtlich laut rief ich den roten Berner zu mir, der eilig und dienstbeflissen herangelaufen kam, und ging mit ihm in das leere Klassenzimmer nebenan, als wollte ich dort etwas holen. Alle sahen uns nach. In der Klasse war es dunkel, nur das Ofenfeuer gab einen schwachen Schein.

»Wo hast du sie?« fragte ich den Berner.

»Was gibst du mir?« war seine schnelle Gegenfrage.

»Hier, das ganze Markenbuch –,« sagte ich und hielt ihm meine Sammlung hin. Er zwinkerte schief zu mir auf, als fürchte er eine List.

»Nimm!« fuhr ich ihn an, »wo hast du die Marke?«

Er nahm mit einem schnellen, gierigen Griff mein dickes Markenheft, kauerte vor dem Ofen nieder und machte die Feuertüre auf, um sich im Flammenschein zu überzeugen, ob es auch richtig voll wäre.

»Also –?« drängte ich.

»Da – da ist sie –.«

Er nestelte an seinem Kragen umher und brachte an einer schmutzigen Schnur ein Skapulier zum Vorschein, das er um den Hals gehängt auf der bloßen Brust trug.

»Was ist das?« fragte ich, denn ich hatte so etwas noch nie gesehen.

»Ein Herz-Jesu. Hast du keines? Das ist sehr gut,« pisperte er grinsend, »hier sucht niemand was, siehst du?«

Er drehte das Skapulier um; es zeigte sich ein kleines Täschchen aus der Rückseite, aus dem er mit spitzen Fingern die gelbe Marke hervorzog und mir mit zitternder Hand hinhielt, indes seine Linke das Markenbuch fest umkrallte.

Mein Herz klopfte so stark, daß ich die Hand daraufpressen mußte, als ich das gelbe Papierchen gegen den Ofen hielt, um es genauer zu besehen. Da ging die Tür auf und Jan Merkel mit einigen andern kam herein. Eine Sekunde lang sah ich nach ihm hin, der wortlos auf uns zukam, sah seine kalten, unversöhnlichen Augen und den hochmütigen Mund, der einmal »Dieb« zu mir gesagt hatte – und ließ die gelbe Marke aus Tasmanien ruhig in die Flammen gleiten.

Der rote Berner, der allein wußte, was hier geschehen war – denn die andern waren noch zu weit – schaute mit offenem Munde auf mich.

»Was macht ihr da?« fragte Jan Merkel, als habe er uns auf einer Untat ertappt.

»Wir –? nichts –«, stotterte der Berner.

Jan Merkel sah verächtlich über ihn weg.

»Gib uns dein Markenbuch«, sagte er zu mir.

»Ich habe keines«, entgegnete ich ruhig.

Der Berner hüpfte in die Höhe und erzählte geschäftig, daß ich ihm eben meine Markensammlung geschenkt hätte, denn ich hätte die dummen Papierchen satt und wolle von nun an nur noch Mineralien sammeln – das sei doch etwas ganz anderes und gefalle mir viel besser – und während er geschwätzig weiter log, wie der tasmanische Palmenaffe umherschwänzelte, ihnen seine Reichtümer zeigte und mit den Staunenden, die ganz auf mich vergaßen, zur Tür hinausging, wurde es in mir seltsam licht und frei.

Aus der zuckenden Glut aber, darin der gelbe Dämon sein Ende gefunden hatte, stieg die wunderbare, schöne Königin von Tasmanien, strahlender, als ich sie jemals sah, lächelte wie vom Himmel herab, neigte sich ein wenig und küßte mich auf die Stirne.

Der Märtyrer

Als wir aus dem kahlen Schlafsaal mit den dreißig gleichen Betten und dem Eis im Waschbecken vor Kälte zitternd über die finstere Holzstiege polterten und nun zwischen mannshohen Schneewänden durch den Klosterhof trippelten, waren einige von uns noch gar nicht recht wach und krochen in den aufgestellten Kragen und die Manteltaschen zurück. Der magere Bruder Irenäus ging mit der Laterne neben uns her und stieß die Schläfrigen in die Seite.

»He! Was ist denn? Auf!«

Der Schlüssel kreischte widerwillig im rostigen Schloß des Hoftores, das nicht aufgehen wollte. Bruder Irenäus stemmte eine Schulter dagegen. Da gab die zugefrorene Türe krachend nach, aber noch immer war sie nicht aufzubringen. Trotz der Kälte reckten wir die Hälse. Bruder Irenäus hatte die Laterne auf den Boden gestellt, wo ihr Licht einen flackernden Stern auf den Schnee zeichnete.

Etwas hielt von draußen die Türe zu.

»In der Reihe bleiben!« rief Bruder Irenäus.

»Karl und Drogo, ihr helft mir da!«

Karl und Drogo waren die beiden Stärksten unter uns. Sie gingen in die Oberklasse und waren schon bald vierzehn. Mit ihrer Hilfe brachte der Bruder das Tor so weit auf, daß Drogo hinausschlüpfen konnte.

»Was ist?« fragte Bruder Irenäus.

»Der Phylax!« rief Drogo zurück.

Wir sahen unwillkürlich alle nach der Hundehütte, die herinnen neben dem Hoftor stand. Bruder Irenäus nahm die Laterne und leuchtete hinein. Die Hütte war leer. Drogo kam zurück.

»Da draußen liegt der Phylax ganz steif und still,« sagte er, »ich glaube, er ist tot.«

Nun konnte man die Türe aufmachen. Phylax, der Hofhund, war ausgesperrt worden und in der Nacht vor dem Tor erfroren.

So bitterkalt war es in diesem Dezember.

Bruder Irenäus schob den toten Hund mit dem Fuß zur Seite und trieb uns zur Eile an.

»Vorwärts! Vorwärts! Um sieben beginnt die Messe. Der Herr Pfarrer kann nicht auf euch warten!«

Aber der kleine, blasse Hansmartin, der erst vor zwei Wochen weither aus den Bergen zu uns gekommen war und scheue, große Augen hatte, trat aus der Reihe, kniete neben dem erfrorenen Phylax nieder und streichelte mit der Hand über das eiskalte, steife Fell, in dessen Haaren der Rauhreif hing. Erst als wir schon ein Stückchen weiter waren, bemerkte ihn Bruder Irenäus, fuhr auf ihn los und stieß ihn in die Reihe hinein.

»Wenn du mir noch einmal ausbiegst, schlage ich dir die Laterne an den Kopf!« knirschte er wütend und fuhr mit der Hand an den Rosenkranz. Sein hageres Gesicht mit der kantigen Nase war bleich vor Zorn, und die schwarzen Augen funkelten. Wir sahen ängstlich nach ihm und dem kleinen Hansmartin, der mehr erstaunt als erschreckt zu dem zornigen Bruder aufschaute und kein Wort sagte.

»Was gafft ihr da? Marsch!« kommandierte Bruder Irenäus.

Der Hügel, auf dem die Kirche stand, war steil und wir stießen uns an dem hartgefrorenen Schnee Hände und Knie wund.

Außer uns waren nur ein paar alte Bauernweiber in der Kirche und beteten vor ihren Wachsstöcken den Rosenkranz. Ihre Hauchwolken schimmerten rötlichgelb im Kerzenlicht.

Der rothaarige Berner ministrierte heute, und wir alle zählten mit Freuden die Fehler, die er dabei machte. Nur Hansmartin schaute verwundert zu den Heiligenstatuen und Märtyrerbildern hinauf. Seine großen, stillen Augen sogen sich an den Wunden und Qualen fest, die da rings an den Wänden in grellen oder längst verdunkelten Farben im zuckenden Halblicht der Wachskerzen einen grausamen Reigen schlangen. Sankt Sebastian war zu sehen, pfeildurchbohrt und blutig, Sankt Laurentius auf dem glühenden Rost, Sankt Erasmus, dem sie die Därme herauswanden, und die hundert Märtyrer vom Berge Ararat, die nackt über einen Abgrund in ein hartes Dorngestrüpp geschleudert wurden. Sie hingen in verrenkten Stellungen in den Ästen und verbluteten langsam. Manchmal, wenn die warme Luft über den Kerzenflammen lebendige Wellen zog, sah es aus, als bewegten sich ihre zerstochenen Glieder in schmerzlichen Windungen. Der blasse Hansmartin wandte keinen Blick von ihnen; er hatte den Mund ein wenig offen, und es schien, als wachse er den Bildern entgegen. Er überhörte sogar die Wandlungsglocke und kniete erst nieder, als ihn sein Nachbar in die Rippen stieß. Dann schaute er wieder unbeweglich zu den gemarterten Heiligen hinauf, indes wir andern alle über den rothaarigen Berner kicherten, der das Knie beugte, wenn er sich hätte verneigen sollen, die Glocke auf die falsche Seite stellte, dem Herrn Pfarrer auf die Zehen trat, so daß Bruder Irenäus bald in stummer Wut die Fäuste ballte, bald an seinem Rosenkranz fingerte und sich die dünnen Lippen zerbiß.

Als wir nach der Messe den steilen Kirchenhügel hinuntertaumelten, sagte Bruder Irenäus auffallend freundlich zu dem roten Berner:

»Heute wirst du einmal fasten, mein Lieber –«, und als der Berner unsicher zu ihm aufschaute, gab er ihm eine Ohrfeige und schrie ihn an:

»Siebzehn Fehler! Welche Schande für das ganze Kloster!«

Dann tastete seine weiße, knochige Hand nach dem Rosenkranz am Gürtel. Diese Geste machte Bruder Irenäus immer, wenn ihn der Zorn packte.

Es hatte zu schneien angefangen, und das Tageslicht blieb noch immer hinter einer grauen Decke vergraben; Millionen Flocken kamen daraus hervor, erwachten im Lichtkreis der schwankenden Laterne zu einem kurzen, glitzernden Leben und sanken still aus der grauen Decke in die weiße herunter, die über die Erde gebreitet lag. Es wollte heute nicht Tag werden.

Auch im Klassenzimmer, wo der eiserne Ofen summte, war die graue, öde Dämmerung dieses Wintermorgens. Man sah nur über der Tafel das große schwarze Kreuz an der weißen Wand.

Bruder Irenäus hatte die Laterne ausgelöscht, und da der Unterricht erst in einer halben Stunde begann, wurde auch die Lampe nicht angezündet. Wir saßen im Halbdunkel und freuten uns, daß es wenigstens warm war, denn der Eisenofen begann bereits über der Feuertür zu glühen.

Bruder Irenäus benützte die Zeit zu einem Erbauungsvortrag über das Leben der Heiligen. Seine Stimme klang eintönig, und er zog die Silben in die Länge, wie das zuweilen Kanzelredner tun.

»– – Aber die Standhaftigkeit der reinen Diener Gottes war ohne Grenzen –,« sagte er, »Feuer und Eisen konnten ihren Leib nicht zwingen, denn der Herr wohnte in ihrem Herzen. Sie sangen Gottes Lob, indes ihnen glühende Zangen das Fleisch von den Knochen rissen und ihre Glieder zerbrachen –.«

Der kleine Hansmartin saß ganz vorn an der Ecke der ersten Bank und schaute regungslos den Ofen an, aus dessen rotglühenden Wänden blitzende Funken sprangen.

»– – Denn frei wird nur,« fuhr der Bruder fort, »wer des Leibes vergißt und ihn hinopfert auf dem Altar des Ewigen: All unser Beten, all unser Sehnen gehe dahin, daß der Herr uns der Gnade teilhaftig mache, die er den heiligen Märtyrern erwies, die die Palme des Sieges tragen –.«

»Haben die heiligen Märtyrer keine Schmerzen gespürt –?« fragte auf einmal Hansmartin mit schüchterner Stimme. Wir lachten alle. Bruder Irenäus wies uns zur Ruhe und sagte:

»Sie haben gelitten wie andere Menschen, aber der Glaube machte ihre Leiden süß, denn sie wußten: Kurz ist die Qual, und die ewige Glückseligkeit wartet unser –. Aber das kannst du noch nicht verstehen,« fuhr er fort, »die wenigsten Menschen können es fassen; wie solltest du es wissen. Das zu wollen wäre hoffärtig. Bete, daß Gott deine Seele in Demut kleide.«

Hansmartin schwieg und schaute vor sich hin. Der Ofen surrte und die Funken sprangen. Draußen fielen die Flocken still aus der grauen Decke in die weiße. Regungslos stand die hagere Gestalt des Bruders Irenäus im schwarzen Talar mit den zwei weißen Patten am Halskragen. Die leiernde Stimme erzählte das Leben des heiligen Aloisius, der ein Musterbild reiner Jugend war –.

Vielleicht hatten es einige bemerkt, wie Hansmartin aufstand und mit leichterhobenen Händen langsam und leise gegen den Ofen ging, als wollte er sich dort wärmen; plötzlich aber machte er einen schnellen Schritt und warf sich mit ausgebreiteten Armen gegen den glühenden Eisenkörper. Etwas zischte.

Bruder Irenäus, der nicht hingesehen hatte, fuhr herum und riß Hansmartin am Rockkragen zurück.

»Dummkopf!«, schrie er ihn an, »Was fällt dir ein?«

Wir alle drängten nach vorne. Es zeigte sich, daß Hansmartin heil war; nur sein Rock war an Brust und Ärmeln versengt. Bruder Irenäus war außer sich vor Wut. Er schleuderte den kleinen Hansmartin, der keinen Laut von sich gab, in die Bank.

»Keinen Augenblick darf man das Gesindel aus den Augen lassen, ohne daß ein dummer Streich geschieht!«

»Er wollte ein Märtyrer werden –!« spottete einer aus der Menge; andere lachten roh auf. Voll Zorn hieß sie Bruder Irenäus schweigen. Zu Hansmartin aber, der noch immer wortlos mit verwunderten Augen wie ein gefangener Vogel vor all den spottsüchtigen Blicken saß, sagte er hart und strafend:

»Ein Märtyrer willst du sein –!? Ein Gotteslästerer bist du, der den Herrn in frevelnder Hoffart versucht!«

Da zuckte es in den großen, offenen Augen des blassen Jungen, da stöhnte er auf, wie ein zu Tode getroffenes Tier, fiel vornüber und weinte seelentief, daß uns allen der Spott verging und wir beklommen auf unsere Plätze schlichen.

Bruder Irenäus stand ratlos vor diesem Ereignis und tastete verlegen nach seinem Rosenkranz.

Charakter

Mein Freund Robert und ich schliefen mitsammen in *einem* Zimmer, aßen am nahrhaften Tische *einer* Kostfrau, drückten ein und dieselbe Schulbank an einem kaiserlich-königlichen Staatsgymnasium und liebten zu gleicher Zeit mit gleicher Glut ein und dasselbe Mädchen, dessen Namen Robert in Schulbänke und Sessellehnen, ich hingegen in meinen lebendigen linken Unterarm schnitt, daß rotes, heißes Blut herausrann.

Man darf nun gar nicht glauben, daß diese unerträglich scheinenden Zustände irgendwie unsere Freundschaft gestört hätten; diese ging vielmehr mit allen romantischen Begleiterscheinungen einer knabenjungen Phantasie einher, wie sie in den märzherben Jahren zwischen vierzehn und siebzehn bald in langsamen Träumen, bald jäh aufflackernd den werdenden Mannescharakter vorausdeuten.

Daß Robert wuchtige Lettern in lebloses Holz grub, ich aber tief ins eigene, zuckende Fleisch schnitt, das war auch so eine Ahnung und gab ziemlich sicher den Grundton für alles weitere an. Denn während mein Freund unserer gemeinsamen süßen Unrast, die ein zierliches, blond-braunäugiges Mädel namens Minna war, an allen Ecken auflauerte, seine Männlichkeit durch hohen Kragen, Zigarette und Spazierstock betonte, ihr aller mütterlichen Wachsamkeit zum Trotz Briefchen zuschmuggelte und sogar hie und da ein Stelldichein erlebte, saß ich daheim am Fenster, schaute in den wunderbaren, gelbroten Brand der herbstlichen Baumwipfel und sehnte mich nach ihr in all der Schönheit. Und da sie nicht gegenwärtig war, dichtete ich sie mir mit großem Aufwand innerer Kräfte herbei. Auf diese Weise erlebte auch ich mein Glück, und wenn Robert glühend von seinen Erlebnissen nach Hause kam und mir mit flackernden Augen alles erzählte, so war keine Spur von Neid in mir. Ich drückte nur heimlich auf meinen zerschnittenen Arm oder tastete nach den Gedichten in meiner Brusttasche und fühlte alle die ziehenden, sehnenden, süßen Schmerzen, die er in Blicken, Worten und Küssen genoß.

Denn sie hatten einander geküßt – ach ja – er sagte mir genau, zu welcher Stunde, unter welchem Baum im Park es gewesen war; und am andern Abend schaute ich vom Fenster hinüber in die flüsternden, gelben Wipfel und machte mein schönstes Gedicht über diesen Kuß. Und ich las es ihm vor, denn er sollte sehen, daß auch ich was erlebte.

»Herrlich!« rief er, »du, das mußt du mir geben! Gib her! Ich schreib es nur ab, dann kannst du es wieder haben. Gib her! Du brauchst es ja so nicht –.«

»Ja – ja – natürlich. Ich will dir's diktieren«, sagte ich; und er schrieb fiebernd vor Freude, während ich mit tausend Schmerzen mein Werk herunterdeklamierte. Freilich, er hatte ja recht, mein Robert; wozu machte man so etwas, wenn man's ängstlich in die Lade sperrte?

Als er fertig war, schüttelte er mich an den Schultern, fiel mir um den Hals, tanzte wild mit mir durch die Stube, wobei er lachend Stühle umtrat und Bücher vom Tische stieß, gab mir verrückte Namen und schließlich küßte er mich so kräftig auf die Wange, daß ich seine Zähne spürte. Ich freute mich an seiner ungestümen, wilden Art und daß er mich überhaupt lieb hatte, und es schien mir plötzlich, als sei er in den letzten Wochen doppelt so groß und stark geworden. Mit einem raschen Entschluß griff ich in meine Tasche und hielt ihm das ganze Bündel Gedichte hin.

»Da hast du! Nimm! Ich habe das alles für sie gemacht – aber ich kann es ihr nun doch nie geben –. Nie –! Gib du ihr die Sachen, da freut sie sich wenigstens darüber –.«

Ich konnte plötzlich nicht recht weiter; meine Rede hatte offenbar zu viel inneres Schwergewicht. Etwas würgte mich. Aber Robert merkte nichts; er saß schon da und schrieb und schrieb.

»Die gebe ich ihr einzeln,« sagte er glühend vor Eifer, »weißt du, das sieht natürlicher aus. Denn sonst glaubt sie mir's am Ende nicht, das schlaue Luder.«

Es tat mir sehr weh, daß er sich so ausdrückte.

In dieser Nacht konnte ich nicht schlafen.

Am andern Tage waren auch die schönen rotgelben Blätter auf einmal nicht mehr da, denn es war plötzlich Reif gefallen. Da hörte auch mein Dichten auf, und meine unglückliche Liebe trieb einen harten, spitzen Kristall nach innen.

*

Als der Winter eine glatte Eisbahn brachte, empfand ich das als eine Erlösung. Ich hatte nun etwas, was Körper und Geist in gleicher Weise gefangen nahm, und meine ganze gestaute Leidenschaft warf sich auf Pirouetten, Bogen und Schlingen, so daß ich bald zu den allseits anerkannten Künstlern gehörte, die, in einer abgegrenzten Ecke ringsum angestaunt, mit beachtenswerter Grazie ihre Kreise zogen.

Unser Ideal hatte ich einige Male auf der Eisbahn vorbeigleiten sehen; da sie aber Robert »angehörte«, sah ich ihr nicht nach. Das war freilich schwerer, als es den Anschein hatte. Aber es ging.

*

Eines abends warf Robert das Physikbuch, aus dem wir eben lernten, plötzlich auf den Tisch, sprang auf, stieß seinen Stuhl zur Seite, sagte: »Dumme Gans!« und ging in langen Schritten auf und nieder. Ich sah ihm eine Weile zu, dann fragte ich:

»Was hast du denn?«

»Jetzt rennt sie mir jeden Nachmittag auf die Eisbahn –!« rief er.

Es gab mir einen kleinen Stich, wie immer, wenn von »ihr« die Rede war.

»So geh doch auch«, sagte ich ruhig.

»Das ist mir zu dumm!« antwortete er zornig, »und überhaupt: Ich kann's ja gar nicht –.«

»Ich werd' es dir schon zeigen.«

»Ach was! Das lernt sich nicht so schnell. Und dann können's alle andern besser und sie lacht mich aus!«

»Schade«, sagte ich.

»Ja, du! Du hast es gut. Du bist ein Künstler. Alle wollen's dir nachmachen. Neulich hat sie dir zugeschaut und mich dann nach deinem Namen gefragt.«

Mein Herz pochte unglaublich schnell und stark. Aber ich brachte es fertig, indem ich im Physikbuch fest auf die Atwoodsche Fallmaschine starrte, ganz ruhig zu bleiben.

»So?« sagte ich scheinbar nebenhin.

»Ja. Hörst du: jetzt laß diesen Schmarren da!« rief Robert, indem er vor mir stehen blieb und mir das Buch vor der Nase zuklappte, »Gestern habe ich den Högemann und den Wellheim mit ihr herumschleifen sehen. Das gibt's nicht! Denen hau ich die Rippen ein, wenn wir im Frühjahr wieder Fußball spielen. Aber es ist noch nicht Frühjahr. Und das gibt's aber trotzdem nicht! Deshalb brauche ich dich. Ich stelle dich morgen vor, und du läßt sie nicht aus, solange sie auf der Eisbahn ist. Dann sollen die zwei faden Kerle nachschauen!«

Ich fühlte, wie mir das Blut in den Kopf schoß. Wütend drückte ich auf meinen tätowierten Arm.

»Also ja?« sagte Robert. »Nicht wahr, du tust mir das? Wir sind doch Freunde!«

Er legte einen ganz schweren Charakterton auf das letzte Wort.

»Ja, ich bin dein Freund«, sagte ich feierlich und gab ihm die Hand; es war mir zu Mute, wie einem Bekenner, zu dessen Füßen eben der Scheiterhaufen angezündet wird. Aber ich zuckte mit keiner Wimper und spürte nicht ohne Stolz, wie fest mein Charakter war.

Dann lernten wir mit grimmigem Eifer die Gesetze der Schwerkraft, die alle Körper, ob gute oder böse, unweigerlich zur Erde zieht.

*

Mit meiner schönsten Verbeugung und einem männlichen Händedruck nahm ich am nächsten Tage die Schöne sozusagen aus den Armen meines Freundes Robert entgegen, fest entschlossen, jede

Gefahr für sie zu wagen und das Kleinod wieder seinem Besitzer zurückzustellen, wenn er es von mir fordern würde.

Högemann und Wellheim kreuzten mehrmals unsere Bahn, und einmal stießen sie nicht ganz absichtslos an mich an. Aber ich war sehr sicher auf den Eisen, und beim nächsten Versuch flog Wellheim kläglich vor die Füße meiner schönen Partnerin. Sie lachte hell auf.

»Das war recht!« sagte sie zu mir, »ich kann diese zwei Gigerln nicht leiden –.«

Zufällig drückte sie mir hierbei fest die Hand, denn wir waren eben an der Kurve und mußten übertreten.

Die Unterhaltung mit meiner Schönen kam nie ins Stocken. Wir verstanden uns rätselhaft gut. Auch wurde ich nie müde, sie heimlich anzusehen, freute mich an den schmalen, kleinen Händen, die in ungemein feinen Lederhandschuhen staken und in meinen griffigen Wolltatzen vollkommen verschwanden, bemerkte mit nie gekannter Lust, daß an ihren winterfrischen Wangen ein zarter Flaum zu sehen war, wie ich ihn bisher nur an reifen Pfirsichen kannte, daß ihr Kinn merkwürdig fest, der Mund hingegen kindlich weich war, und daß sie zwischen den seltsam goldbraunen Augen ein kleines Trutzfältchen hatte, das mir ganz besonders reizend erschien. Ich suchte herauszubringen, was für ein Charakter sich da bildete, denn solcher Art waren damals meine liebsten Gedanken, und ich hatte schon manches Buch durchstudiert, das mit erstaunlicher Gelehrsamkeit über die Zusammenhänge von Gesichtsbildung und Charakter handelte. Bei Minna aber versagte mein wissenschaftliches Urteil vollkommen. Ich kam überhaupt gar nicht zu ruhiger Betrachtung und befürchtete nur, ihr Charakter könnte am Ende mit dem meinen nicht recht zusammenklingen. Dann kam es mir wieder in den Sinn, daß alle diese Erwägungen ganz zwecklos waren – denn sie gehörte ja doch meinem Freund, wie ich mit Wehmut, aber neidlos feststellte. Und ich begann, wie um mich vor mir selbst zu rechtfertigen, allsogleich von Robert zu sprechen und lobte seinen hellblonden Scheitel, seine lustigen Augen und seine Kraft und Gewandtheit. Aber Minna zog die Trutzfalte fester, warf wie ein junges Pferdchen das Kinn und sagte nur: »Ach der –« oder sie schwieg überhaupt. Ich glaubte zu verstehen, und um ihre Zartheit nicht zu beleidigen, sprang ich von diesem Thema ab und erzählte von Berg und Feld und Wald meiner Heimat, von Erlebnissen und Abenteuern, deren vage Voraussetzungen ich vielleicht irgendeinmal wirklich erlebt hatte und die ich nun mit wunderbar beschwingter Phantasie in kühne Ranken auswachsen ließ, so daß ich am Ende selbst daran glaubte. Sie hörte atemlos zu, und zuweilen blieben wir ganz von selber stehen, und während wir uns an den Händen hielten, kam in die goldbraunen Augen ein lebendiges Schimmern und Leuchten, und einmal rief sie:

»Es ist so schön, wenn Sie erzählen – man glaubt, man erlebt es wirklich.«

Ich war verwirrt.

»Ach das ist nur so«, sagte ich, indem wir weiterliefen.

»Machen Sie auch Gedichte?« fragte sie unvermittelt.

Ich erschrak.

»Nein,« log ich, »eigentlich nicht –. Nur einmal hab ich's probiert aber das ist schon sehr, sehr lange her –.«

*

»Jetzt tuscheln sie über euch zwei,« sagte Robert einmal, als der Winter schon zu Ende ging, »weil ihr immer beisammen seid. Sollen sie nur, die dummen Esel!«

»Mach dir nichts daraus,« sagte ich, »wir wissen's ja doch besser.«

»Es ist mir auch gleich. Wenn wir wieder Fußball spielen, trete ich ihnen doch die Schienbeine ein«, sagte Robert grimmig, und zögernd fügte er hinzu: »Deswegen war es nicht –.«

»Warum also?« fragte ich.

»Wegen Minna.«

»Was ist mit ihr?«

»Ich weiß es nicht. Das ist es ja eben. Früher hab ich immer gewußt, was mit ihr ist. Sie ist anders.« Und indem er mich mit einem schnellen Blick ansah, fragte er: »Hast du ihr etwas gesagt?«

»Was sollte ich –?«

»Von den Gedichten, mein ich –.«

»Kein Wort! Daß du überhaupt so etwas denken kannst! Wir sind doch Freunde!«

Ich war stürmisch bewegt. Mein Gewissen war rein wie ein Kristall, und dennoch empfand ich eine schamvolle Unruhe. Eine ungeheure Freude jubelte in mir auf, aber zugleich rief eine harte, feste Stimme: »Schweig!«

»Sie merkt was,« sagte Robert, »neulich hat sie in einemfort von deiner Phantasie gesprochen – und als ich sie küßte, da war sie gar nicht recht dabei. So was spürt man.«

Der Sturm in mir wurde zum Wirbel. Wie er da so vom Küssen sprach – ich hätte ihn erwürgen oder mit ihm durch die Stube tanzen mögen! Aber nichts von dem geschah. Im Gegenteil: Wie der Spartaner, dem ein geraubter Fuchs die Brust zerfleischte, zuckte auch ich mit keiner Wimper. Ich erlebte mit vollem Bewußtsein den Heroismus jenes Jünglings aus marmorner Vergangenheit, als ich ruhig zu meinem Freunde sagte:

»Wenn du es willst, so rede ich kein Wort mehr mit ihr und schau sie auch gar nicht mehr an.«

Eine Pause entstand.

»Nein,« sagte er dann, und seine Stimme, die sonst immer hell und angriffslustig klang, hatte einen weichen, tiefen Unterton, »Jetzt gerade nicht. Es soll eine Probe sein. Ich kenne dich. Du bist mein Freund. Wenn etwas anders wird – du bist nicht schuld.«

*

Es soll eine Probe sein.

Frohe, helläugige Jugend, die das sagte!

Mit einem Freunde Hand in Hand gehen und wissen: Du bist reinen Herzens! Wer das kann, dem braucht vor keinem Schicksal bang zu sein.

*

Stet und still diente ich seiner Sache, lenkte Minnas Blick immer wieder auf seine Vorzüge, selbst auf die Gefahr hin, ihren Unwillen damit zu erregen, was leider meistens der Fall war. Auch meine stille Annahme, daß sie nur mir gegenüber kein Interesse an Robert verriet, um ihr Geheimnis keinem Dritten preiszugeben, erwies sich bald als ein Irrtum. Denn immer fand ich meinen Freund wortkarg und verdrossen, voll Unruhe und zu jähem Zorn geneigt, selbst dann noch, als ein merkwürdig aufwühlender, warmer Wind längst schon alles Eis gebrochen hatte und eilige, vielförmige, weiße Wolken über den blauen Märzhimmel trieb. Die Dachtraufen rieselten, und vor der Stadt rochen die braunen Felder aufregend nach junger Erdenkraft. Mir war noch nie ein Frühling so persönlich, so gewaltig und auffordernd erschienen. Ohne Hut, den Hemdkragen offen und die Hände auf dem Rücken bohrte ich meinen Kopf in den angreifenden Wind, der meine Gefühle und Gedanken ungefähr ebenso durcheinanderwühlte wie meinen ungezähmten Schopf. So unklar mir mein Selbst im einzelnen war, so mächtig und eindeutig war die Summenwirkung aller dieser Vorgänge: Freude, ungestüme, gottunmittelbare Freude ohne warum und darum. Ich verstand nun mit einem Male, was es hieß: Der ganzen Welt um den Hals fallen mögen.

Aber Robert, mein Freund, trug schweres Leid. Er wurde blaß und einsam; nicht einmal auf den Fußballplatz war er zu bringen. Manchmal sah er mich traurig an, und ich wartete, daß er was sagen würde. Aber es schien, als finde er das Wort nicht. Da nahm ich das Heft in die Hand.

»Was ist mit dir?« fragte ich geradezu.

»Nichts«, sagte er trüb. »Es ist aus.«

»Was?«

»Du weißt es schon.«

Ich war fassungslos.

»Das darf nicht sein!«

»Wie willst du's ändern?«

»Ich sage es ihr ganz einfach.«

»Was?«

Ich wußte nicht gleich, was ich ihr sagen würde. Aber das machte mir keine Sorge.

»Ich gehe zu ihr,« sagte ich, »und werde ihr den Kopf zurechtrücken. Ich bin doch dein Freund.«

Robert sah mich nachdenklich an. Zweifel und Hoffnung stritten in seiner Miene. Er zuckte die Achseln.

»Wenn du glaubst –.«

*

Einige Tage später gingen wir beide mit sehr verschiedenen Gefühlen durch die engen, holprigen Gassen des Städtchens, bis wir vor dem alten Giebelhause standen, das vom Scheitel des Torbogens ein großes, mit schmiedeeisernen Ranken und Nelken verziertes Schild in die Gasse vorstreckte, an welchem aus schwarzem Eisenblech geschlagen die Silhouette eines Zinnkruges zu sehen war. In sämtlichen Fenstern des niedrigen Erdgeschosses standen und hingen Zinnhumpen, Krüge, Becher, Schüsseln und Teller, deren Flächen und mannigfache Zierate in mattgrauem Glanze behäbig aber unaufdringlich schimmerten. Alle Eigentümer dieses uralten Hauses waren bürgerliche Zinngießer gewesen, auch Minnas Vater hatte zu seinen Lebzeiten dieses Handwerk mehr überwacht als selbst betrieben.

Trotz meiner dringenden Anforderung wollte Robert nicht mit hinaufkommen.

»Ich bleibe hier unten und warte«, sagte er, indem er mir entschlossen die Hand drückte.

Langsam ging ich die alte Holzstiege hinauf, freute mich an dem geräumigen Vorhaus mit dem weißen Stiegengeländer, darauf die Märzsonne spielte, und betrachtete voll Interesse einige riesige, sehr alte Zinnteller, die auch hier an der Wand hingen. Ich war eben bemüht, eine verschnörkelte Inschrift zu entziffern, als eine Tür aufging und Minna vor mir stand.

Lieber Gott! Wie war sie schön!

Ich hatte sie bisher nur im Straßenkleid gesehen und erlag nun rettungslos dem Zauber einer netten, weißen Spitzenschürze, die sehr vorteilhaft ihre Häuslichkeit betonte. Auch das sonnenblonde Haar hatte ich noch nie unbedeckt gesehen, und die erwartungsvolle, frohe Spannung in den goldbraunen Augen, die lächelnd auf mich schauten, machte mich einen Augenblick vollends verwirrt und grub zugleich eines jener unvergänglichen Bilder in meine Seele, die uns mehr geben, als alle Weisheit der Welt.

Dieser tief lebensvolle Augenblick in dem sonnenstillen, weiten Stiegenhaus glitt indes schnell vorbei, und Minna hieß mich in das Zimmer eintreten, aus dem sie gekommen war. Da ich mich am Vortage brieflich angemeldet und artig auch einen »Handkuß an die Frau Mama« beigefügt hatte, war ich ein wenig erstaunt, zu erfahren, daß die Mutter zufällig gerade nicht zu Hause war, empfand jedoch die Situation deswegen weder unpassend noch peinlich. Im Gegenteil: Ich würde nun mein Anliegen ungeschminkt und schneller vorbringen können. Minnas Mutter hätte diese heikle Sache wohl kaum richtig beurteilt.

Mit solchen Gedanken nahm ich auf einem der alten Sessel Platz, die wie die übrige Einrichtung des Zimmers aus Urgroßvaters Tagen schicksalverständig herüberlächelten, während mein heimlich geliebtes Mädchen sich vor das merkwürdig alte, lange, dünnbeinige Klavier setzte, auf dessen Notenbrett ein Heft aufgeschlagen war, als habe sie gerade etwas gespielt. Und während ich in einer ziemlich gespannten Pause den Hut in der Hand drehte und nach dem anknüpfenden Wort suchte, kam sie mir mit der sehr naheliegenden Frage zuvor, ob ich Klavier spielte.

»Eigentlich nicht –«, sagte ich zögernd; meine Klavierlehrerin kam mir in den Sinn, die – nach ihrer Aussage – den Versuch, mich musikalisch zu bilden, mit einem schweren Nervenleiden bezahlt hatte.

»Schade,« sagte Minna, »wir hätten sonst hie und da vierhändig musizieren können. Denn mit dem Eis ist's ja nun leider aus –.«

»Aber Robert,« sagte ich unvermittelt, indem ich an meine Mission dachte, »Robert spielt recht gut –.«

Sie überhörte das anscheinend; nur die kleine Trutzfalte zuckte ein wenig, während sie suchend im Notenheft blätterte.

Wieder war es still. Durchs offene Fenster hörte ich jetzt die Schritte meines Freundes, die in der leeren, engen Gasse sonderbar eindringlich gleichmäßig auf das Steinpflaster schlugen.

»Sie sollten nicht hart mit ihm sein,« begann ich da, »ich weiß ja, wie sehr er Sie lieb hat – und er leidet so schwer – man soll nicht eines Menschen Glück zerstören –.«

Ich hatte mir eine große Wirkung von meinen schönen, zu Herzen gehenden Worten erhofft; aber Minna sah mich nur mit einem langen, fragenden Blick an, und es zuckte um ihren Mund. Da wäre ich nun freilich am liebsten hingesprungen, hätte sie auf diesen Mund geküßt, ihre Haare gestreichelt und ihr unter Lachen und Weinen gesagt, wie anders all mein Leben war, seit ich sie kannte, ihr gedankt und sie gebeten, mir ein wenig gut zu sein; hätte ihr wohl auch gesagt, wie ich mich darnach sehnte, mit ihr einmal draußen über Hügel und Felder zu gehen, wenn die Amseln rufen und die Erde vor Leben aufspringt, und daß ich ihretwegen immerzu dichten mußte und ihren Namen jede Woche von neuem in meinen Arm schnitt.

Aber ich sagte nichts; ich blieb ruhig sitzen und zerknitterte nur ein wenig die Krämpe meines Hutes.

»Jetzt hab ich es –«, hörte ich plötzlich wie von weit her Minnas Stimme.

»Was denn?« fragte ich mechanisch.

»Das Lied – mein Lieblingslied – kennen Sie es?«

Sie schlug einige Akkorde an, die bald in eine Weise übergingen, die mir bekannt war. Es war ein sentimentales, kleines Liebeslied, das die Mädchen meiner Heimat an Sommerabenden sangen, wenn sie untergefaßt durch die dämmernden Dorfstraßen gingen und sich nach der Liebe sehnten. Von einem Herzen war da die Rede, das im Traume gefunden und zum Himmel emporgehoben wird.

Minna legte sehr viel Empfindung in das kleine Lied, und wenn sie zu besonders ausdrucksvollen Stellen kam, schaute sie mich mit großen Augen an. Ich glaubte zu verstehen. Indem sie da von einem liebenden Herzen sang, kam ihr das ganze Erleben der vergangenen Monate wieder lebhaft ins Gedächtnis, und solcherart schienen mir die Töne den verlorenen roten Faden wieder anzuknüpfen, der sie mit meinem Freunde verband. Während ich noch in der Betrachtung dieses hochinteressanten Seelenereignisses versunken dasaß, hatte sie zu spielen aufgehört und verharrte eine Weile stumm in jener Stellung, die man oft beobachten kann, wenn jemand fliehenden Tönen durch eine leichte Neigung des Körpers gleichsam ein wenig nachgeht. Sie schien mir sehr bewegt, und ich sah den richtigen Augenblick gekommen, indem ich im stillen auf meine Seelenkenntnis stolz war.

»Nun also –,« sagte ich möglichst schonend, »dann wird ja alles wieder werden – nicht wahr?«

Sie hob den blonden Kopf, als hätte ich sie aus tiefen Träumen erweckt. »Wie –?« fragte sie.

»Nun – das mit Robert. Das war wohl nur eine kleine, vorübergehende Trübung nicht wahr? Das ist ja schon wieder vorbei –.«

Da aber sah sie mich so voll Schreck an, als hätte ich das grausamste Wort gesprochen, fiel im selben Augenblick vornüber auf das Lampenbrettchen des Klaviers und weinte herzzerbrechend.

Ich sprang auf und ging auf sie zu.

»Aber – was haben sie –? Was ist –?«

Sie schüttelte den Kopf, ihre Schultern hoben und senkten sich stoßend; ich sah: Ein ungeheurer Schmerz war hier am Werk.

Bang schlichen die Sekunden. Ein Sonnenstrahl funkelte plötzlich in einem Glasschliff auf der Kommode, vor dem Fenster hörte ich ruhige, gleichmäßige Schritte.

»Weinen Sie doch nicht,« sagte ich, indem ich ihr übers Haar zu streifen versuchte. Aber der blonde Kopf zuckte von meiner Hand weg.

»Weinen – Sie – nicht –«, sagte ich wieder. Aber sie schluchzte weiter.

Da nahm ich meinen Hut und ging.

Das weite Vorhaus, das helle Treppengeländer, die mattschimmernden Zinnteller – alles schwebte an mir vorbei, unwirklich und fremd. Eine große, weiße Katze, die im sonnigen Fenster saß, schaute mir mit runden Augen, gleichsam kopfschüttelnd nach.

*

An der nächsten Ecke wartete Robert.

»Nun – was ist?« war seine schnelle Frage.

»Sie weint«, sagte ich.

»Warum?«

Ich zuckte die Achseln.

»Sie hat gesungen«, sagte er.

»Ja – auch. Aber jetzt weint sie.«

Wir gingen wortlos weiter. Oft wollte ich zu reden beginnen – aber ich konnte nicht. Alles, was ich sagen wollte, kam mir unecht und dumm vor. Zum erstenmal in meinem Leben empfand ich rücksichtslos die Armseligkeit des Wortes, wenn die Ereignisse stürmen. Liebe, Freundschaft, Charakter – wie diese durchwegs schönen, einfachen und geraden Begriffe sich nun plötzlich stießen, bekämpften und verhöhnten, daß mir ordentlich das Herz aus den Fugen gehen wollte, das war mir vollkommen neu und unerhört, schien mir noch nie dagewesen und auch in keinem Buche zu stehen. Ich rannte in einem stürmischen Takt durch die Gassen, die mir plötzlich noch enger erschienen, und machte zuweilen mit der Hand eine jähe, eckige Geste, so daß mein Freund mich verwundert anschaute.

Plötzlich hatten wir Wiese und Feld um uns. Die Erde dampfte, der kleine Bach riß wild und angriffslustig ganze Stücke vom feuchten Ufer, hoch oben hielten junge, kecke Wolken der Sonne abwechselnd die Augen zu.

Ich schleuderte meinen Hut in die Luft, stieß einen lauten Juchschrei aus, und während Robert mich ganz erstaunt anschaute, hatte ich ihn schon gepackt, und im nächsten Augenblick balgten wir uns wie zwei junge Hunde, feindlich und lachend zugleich auf dem weichen Boden.

Und ich weiß nicht, wie es kam: Ich kriegte ihn mühelos unter, obgleich er sich ernsthaft wehrte und sonst immer der Stärkere gewesen war.

Tollkirschen

Wenn das Schicksal mit einem Besonderes vor hat, dann sendet es ihm zu Zeiten wohl einen Tag oder eine Stunde, wo alle Nebel sich heben, die sonst die Dinge des Lebens und ihr Zueinander verdecken. Das sind die Zeiten hellsehender Ahnung, wo in eines Knaben Brust »das Herze schwillt« und alles wunderbar, beziehungsreich und voller Tiefe ist. Im Zurückschauen aus der Entfernung späterer Jahre ist solch ein Tag wie ein klares Bild in tiefem Rahmen, losgelöst von allem Vorher und Nachher, und auch was etwa taub und fremd nebenher ging, ist zurückgeschoben und überdeckt, als wäre das Bild klug abwägend von der Hand eines Künstlers gemalt, der ein reines Herz und ernstverstehende Gedanken hatte.

*

Als ein solches Bild erscheint mir der ferne Sommertag in meiner Heimat, der mich Liebe und Tod in bedeutungsvoller Ahnung begegnen ließ.

Ich war damals fünfzehn Jahre alt und weiß noch, wie sehr ich mich schämte, als meine Schwester bei meiner Ankunft auf dem Bahnhof in lebhaftem Backfischeifer laut und lachend feststellte, daß ich seit den Osterferien aus einem Mädchen beinahe ein Mann geworden sei.

Verstohlen warf ich einen schnellen Blick nach dem fortrollenden Zug, um zu erfahren, ob die blonde Hedwig, deren Augen so rätselhaft glänzten, wenn ich mit ihr sprach, diese vorlaute und – wie mir vorkam – unpassende Bemerkung gehört hatte. Aber von den glänzenden Augen war nichts mehr zu sehen, und Hedwig fuhr weiter bis zur nächsten Station, wo sie von ihrem Vater, dem Doktor Klee mit dem dicken, schwarzen Vollbart und der goldenen Brille, erwartet wurde.

Sie hatte mir unterwegs erzählt, daß sie sich schon »unbändig« auf den Sommer freue und jeden Tag baden gehen wolle, daß sie ein neues »Dirndlkleid« bekommen habe mit einem »entzückenden« Tuch und langem Rock – bis daher – sie zeigte gegen die Mitte ihrer Schienbeine – nicht mehr so patschig und kurz wie früher, denn Papa habe gesagt, von einer Dame dürfe niemand wissen, daß sie Knie habe – er mache überhaupt immer Witze – es sei zum »totlachen« –.

Und so hatte sie fortwährend etwas Neues gewußt – es war zum Staunen – während ich meist schweigend ihre Worte und Blicke auf mich wirken ließ. Denn das Schweigen schien mir männlicher, und dann fiel mir auch gar nichts ein, wofür ich bei der beweglichen Hedwig hätte Mitleben voraussetzen können. Aber ich war bei weitem nicht teilnahmslos. Im Gegenteil: Ich bebte vor innerem Leben und konnte mich nicht erinnern, jemals so aufmerksam einer Rede gelauscht zu haben.

So verging diese Fahrt natürlich unerwartet rasch, und nun war man plötzlich da.

Die Schwester küßte mich sonderbar stürmisch, und als ich sie ansah, bemerkte ich auch in ihren Augen dieses seltsame, glitzernde Feuer. Dann schloß mich die Mutter in die Arme und sah mich prüfend und voll Liebe an. In diesen Augen war kein Zucken und Blinken, man konnte lange hinsehen und fühlte sich wohl und geborgen; es war also doch nicht alles anders geworden in diesen wandlungsreichen letzten Monaten.

Unter Fragen, Grüßen und Händeschütteln – denn hier war jeder Mensch ein Bekannter – ging ich über den Bahnsteig. Das Dienstmädchen, das mich zum erstenmal mit »Sie« anredete und rot wurde, so oft ich hinsah, trug mit Stolz den kleinen Lederkoffer, über den kühn und herausfordernd ein Rapier geschnallt war. Es war eine ausgemusterte Übungsklinge, die ich von einem Kollegen bekommen hatte, dessen Vater Fechtmeister war; daß daran ein spannenlanges Ende fehlte, tat der Wirkung keinen Eintrag.

»Aha! Ein Schläger!« sagte der Herr Bahnvorstand in einem Gemisch von Bewunderung und Kennerschaft und, als gedenke er absolvierter Akademien, fügte er mit leiser Wehmut hinzu:

»Ja – die Studentenzeit! Oh, alte Burschenherrlichkeit –.«

Ich kam mir großartig vor und dachte an Hedwig.

Auf dem kleinen Platz vor dem Bahnhofgebäude standen streng gerichtet, nach der Größe geordnet, in vollem Waffenschmuck vierzehn indianische Krieger. Der Anger Gottfried, der ihr Häuptling war, trat vor, salutierte mit der hölzernen Streitaxt, als wäre sie ein Infanteriesäbel, und meldete feierlich stramm:

»Der Stamm der ›Krähenfüße‹ grüßt dich, großer Häuptling!«

Darauf erhoben die Krieger das Begrüßungsgeheul, indem sie ihre Waffen schwenkten und im Gänsemarsch um mich herumhüpften. Ich erinnerte mich erst jetzt daran, in den letzten Osterferien den »Stamm« selbst ins Leben gerufen und dieses Zeremoniell eingedrillt zu haben. Nun aber fühlte ich mich von der kindischen Komödie aufs peinlichste betroffen und empfand zugleich eine leise Rührung über die unbeholfene Art, in der mich hier ehrliche Freundschaft empfing. Ich gab dem »Häuptling« schnell die Hand und sagte ein wenig gestört:

»Servus! Das ist hübsch von dir – das ist hübsch von euch – wie geht's dir immer, Gottfriedl? – Ah, da ist ja auch der Willi – der geht ja auch schon in die Schule – nicht?«

Die Indianer standen still und sahen mich erwartend an. Auch Gottfried hatte auf eine feierliche Gegenformel gerechnet und war nun etwas enttäuscht. Es war demnach eine allgemeine Erlösung, als meine Mutter die Freunde und ehemaligen Schulkameraden lächelnd aufforderte, nun wieder recht oft in unseren weiten Garten hinüberzukommen, wo sie doch immer ihre Jagdgründe gehabt hätten. Sie versprachen es freudig und lebhaft, indem sie dabei ganz aus ihrer Rolle fielen, die ein sonderbares Gemisch von indianischer Wildheit und militärischem Drill darstellte, und zogen, die Holzwaffen schwingend, ab.

Seither waren vierzehn Tage vergangen. Ich war daheim und fühlte mich dennoch mit jeder Stunde fremder. Es war etwas Neues, etwas Unbekanntes in mein Blut geraten, das mich lockte und störte, mich stundenlang aus dem Fenster über den Garten hin nach dem Walde sehen ließ, ohne daß ich dort etwas suchte. Wandte ich mich dann ins Zimmer zurück, so war es mir wieder um viele Züge entrückt, obgleich sich seit den letzten Ferien gar nichts darin geändert hatte; zuweilen machte ich dann, wie um den quälenden Geist zu bannen, einen raschen, zornigen Schritt gegen die Bücherstelle, riß einen beliebigen Band aus der Reihe und begann mit fester Absicht darin zu lesen, als müßte ich so den Faden wiederfinden, der mich mit den Indianer- und Seemannsgeschichten des »Guten Kameraden« so innig verbunden hatte. Immer aber warf ich das Buch nach wenigen Minuten hin, und es war mir schon geschehen, daß ich in unbeholfenem Zorn hart und widerwillig zu weinen anfing.

Diese Indianergeschichten waren zweifellos dumm. So viel stand fest. Das alles war erlogene Oberfläche, in Wahrheit mußten Männer ganz anderes denken und wollen, was mit Kriegspfad, List und Mord gar nichts zu tun hatte und doch wichtiger und bedeutender war. Daß ich aber trotz dieser sicheren und sehr lebendigen Ahnung nicht im geringsten wußte, um was es sich dabei handelte, das trieb und jagte mich, ließ mich grübeln und sinnen und konnte mich bis zu Tränen martern.

Aber nicht nur die Bücher, auch die Wirklichkeit wollte nichts von mir wissen. Gedankenverloren sah ich die Sonnenflecken auf dem Teppich des Zimmers tanzen, hörte im großen Lindenbaum die Vögel zwitschern und spielende Kinder in der Ferne ein Reigenlied singen. Die Kameraden bekriegten einander, indem sie sich in feindliche »Stämme« teilten, stellten Vogelfallen, hoben Wieselnester und Eulenhorste aus und schossen mit der Schleuder nach den Eichhörnchen. Ich tat wohl zuweilen mit, galt ich doch seit Jahren als bester Schütze und kühner Baumkletterer, war aber stets nur halb dabei, sah mir gleichsam selbst zu und fand es mit einem Male läppisch, einen eingebildeten Feind zu beschleichen oder eine Wieseljagd für einen Löwenkampf zu nehmen.

Wo es anging, vermied ich nun diese Kindereien, denn so empfand ich plötzlich alles, was mir noch vor wenigen Monaten Lebensinhalt gewesen war. In der Welt der Erwachsenen aber war für mich gleichfalls keine Heimat. Meine Schwester und ihre Freundinnen, die alle kaum ein oder zwei Jahre älter waren als ich, sahen gleichwohl spöttisch und überlegen auf mich herab, hatten stets Geheimnisse und trällerten allerlei neue Lieder, die von Sehnsucht, Liebe und Küssen schwärmten. Versuchte ich jedoch ein solches Verslein nachzusingen, so wurde ich von ihnen allen rücksichtslos ausgelacht. Das kränkte und erbitterte mich umsomehr, als ich deutlich fühlte, daß diese Lieder wirklich etwas sagten, was *ich* noch nicht sagen konnte und die Mädchen also mit ihrem Spott nicht ganz unrecht hatten. So kam es, daß ich mich oft aus Trotz kindischer und ungebärdiger gab, als ich war, und die verachteten Knabenspiele mit verbissenem Eifer wieder aufnahm – freilich nur für kurze Stunden, um dann desto vollständiger an mir zu verzweifeln.

Kurz: Ich erlebte in diesen Tagen eindringlich und leidenschaftlich alle die treibende Qual, die man oft gedankenlos als glückliche Jugend bezeichnet, ohne darauf Rücksicht zu nehmen, daß es nur der ungeheure Überschuß an aufbauenden Kräften ist, der die jungen Menschen über die gefährlichsten Klippen der bewegtesten Lebensjahre hinwegreißt, ohne daß sie selbst ahnen, wie ihnen geschieht.

*

Im Hause wohnten auch dieses Jahr Sommergäste, ferne Verwandte, die ich noch nie gesehen hatte, aber das stündliche Beisammensein in Hof und Garten machte mich ihnen bald vertrauter, als es meiner Anteilnahme an und für sich entsprochen hätte. Auch saßen wir an warmen Abenden oft plaudernd auf der Veranda, und es kam mir vor, daß die Gespräche, die da im Halbdunkel aufstanden und sich langsam oft über Mitternacht fortspannen, ein seltsam vertieftes Leben hatten. Indem jemand ins Dunkel spricht, ohne den Hörer zu sehen, gibt er sich echter und einfacher, gleichsam ohne Maske, und ist auch nicht durch Blicke oder Mienen aus seiner Linie zu bringen. So kamen mir die Fremden in diesen Stunden näher, als sie wohl selbst ahnen mochten.

Die Familie bestand aus einer alten Tante, zwei erwachsenen Söhnen und einer Tochter, die ebenfalls etwa fünfundzwanzig Jahre alt sein mochte und Marianne hieß. Sie trug stets weiße Kleider und helle Schuhe, und da sie schwarzes Haar und dunkle Augen hatte und bald recht sonnengebräunt aussah, war etwas Zigeunerhaftes in ihrer Erscheinung, was auf mich einen starken, fremdartigen Eindruck machte. Sie lehrte mich das Zigarettenrauchen, forderte mich gerne zum Streiten und noch lieber zu kleinen Ringkämpfen heraus, in denen sie sich stets besiegen ließ, trotzdem sie, wie ich bald feststellen konnte, sehr gewandt und griffsicher war. Aber das Unterliegen schien ihr Freude zu machen, und wenn ich sie etwa mit ungestümem Schwung in einen Heuhaufen geschleudert hatte und erhitzt und triumphierend über ihr stand, konnte sie mir bisweilen aus ihren schwarzen Augen einen Blick zuschießen, der mir fremd und lockend zugleich erschien, mir aber alle Freude und Sicherheit meines Sieges nahm.

»Wenn du einen packst, das spürt man außen und innen –«, sagte sie dann etwa, und im Klang ihrer Stimme schien mir jenes Geheimnis zu zittern, das mir in diesem Sommer ins Blut geschlichen war und überall in tausend Gestalten verborgen gegenwärtig schien. Und wieder war ich voll Ärger, daß ich seine Deutung nicht wußte.

Je öfter ich Marianne besiegte, desto weniger wollte sie es zugeben, aber ich empfand schließlich eine mir selbst ungewohnte Scheu davor, mit ihr anzubinden und zu ringen, und wich ihr am Ende immer öfter aus, wenn es irgendwie möglich war.

*

Was mich aber von ihr wegtrieb, war nicht allein der Unwille darüber, daß Marianne trotz meiner Siege mir stets überlegen blieb, sondern wohl in erster Reihe die unentwegte, ziehende Sehnsucht nach der blonden Hedwig Klee, deren Bild eindringlich stark in mir lebte, seit wir damals zugleich aus der Stadt in die Ferien gereist waren.

Sie wohnte im Nachbarort, eine halbe Gehstunde weit, und ich sah sie deshalb nie, obgleich ich fast jeden Tag mit dem Zweirad ausfuhr und die Villa des Doktor Klee zuerst von weitem, dann aber immer enger umkreiste. Den Doktor, der auch Radfahrer war, grüßte ich mit besonderer Freundlichkeit, schon wenn ich ihn aus der Ferne herankommen sah, von Hedwig aber konnte ich keine Spur entdecken. Um so hungriger zehrte die Sehnsucht an mir, und vollends überraschte mich deshalb ein kleiner, rosafarbener Brief, den ich eines Tages auf meinem Tische fand.

»Warum kommen Sie nicht näher?« stand da in zierlicher Schrift, und außer einem Gruß und ihrer Unterschrift war auf allen vier rosigen Seiten, so sehr ich auch suchte, nichts zu finden.

Diesen einen Satz aber las ich eine ganze Stunde lang.

Dann band ich einen roten Seidenschlips unter meinem kühn zurückgeschlagenen Hemdkragen, schwang mich aufs Rad und fuhr der Liebe entgegen.

*

Ich traf Hedwig früher, als ich erwartet hatte. Schon auf halbem Wege kam sie vom Waldrand her einen schmalen Steig herab, der zwischen hohen Feldern und Gebüsch hügelauf und -ab in mancher Windung außen um den Ort herumführte und an weitüberschauenden oder lauschig verborgenen Plätzen kleine Bänke stehen hatte. Ich wußte, daß dieser Steig allgemein der »Liebesweg« genannt wurde, aber jetzt erst, als ich mein Rad führend mit klopfendem Herzen und stockender Rede neben Hedwig herging, empfand ich die Lebensfülle dieser Bezeichnung, die ich früher gedankenlos nachgesprochen hatte.

Hedwig trug die liebe Volkstracht meiner Heimat, durch keine Zutaten und Ziermätzchen geändert, weit entfernt von den schillernden Faschingskostümen, die sich so oft für ein Bauernkleid ausgeben möchten. Rock und Leibchen waren aus sogenanntem Blaudruckleinen, der Brusteinsatz und die kurzen Ärmel aus gelblichem Nesselzeug, Schürze und Strümpfe von mattblauer Farbe, etwas lichter als das Kleid. Sie hatte feste, dunkle Niederschuhe an, und nur das weiche, feingeblümte, langfransige Schultertuch – offenbar ein wertvolles Familienerbstück – unterschied ihre Tracht vom Alltagskleid der Landmädchen. Freilich: Wie sie gehen konnte, wie sie den klugen Kopf mit den mehrmals herumgeschlungenen, goldschimmernden Zöpfen zu tragen und zu drehen verstand, das machte ihr nicht jedes Dirnlein nach.

Wieder, wie auf unserer Bahnfahrt, führte sie die Unterhaltung. Sie habe mich schon oft vorbeifahren sehen, auch ihr Vater habe von mir gesprochen und gestaunt, wie groß und stark ich im letzten Halbjahr geworden sei. Diese Bemerkung machte mich sehr stolz.

Bei einer Bank, von wo man über die Ortschaft hinsehen konnte, blieben wir stehen. Auf den Dächern lag die späte Sommersonne, da und dort sah man einen Menschen langsam und feierabendlich über die Straße schlendern, und wir beide hätten jeden beim Namen rufen können. Dort schlurfte auf Holzpantoffeln der Schuster Kohl und im Tor des »Sandwirts« politisierte der alte Singer mit dem Wachtmeister Wiegl. Alles da unten, Stein und Leben, war uns lang und innig vertraut; das Gefühl der Heimat überkam mich plötzlich heiß und neu, und indem ich das liebe, blonde Mädchen im einfachen Kleid neben mir stehen und still hinunterschauen sah, erschien sie mir wie die Seele dieser Landschaft, wie die Vereinigung alles dessen, was ich hier so eingeboren liebte, wie ein kleines, oft gehörtes Liebeslied, das durch den Sommerabend schwebt.

Ich tastete nach ihrer Hand und fand sie auf dem gleichen Weg; ohne ein Wort zu sagen, setzten wir uns auf die Bank und sahen noch eine Weile auf unsere Heimat hinunter.

»Es ist so schön –,« sagte Hedwig langsam ohne den Blick zu lösen, »das alles – daß Sie gekommen sind – und daß wir hier sitzen – und hier daheim sind –«, und als ich in der Überfülle meines Herzens keine Antwort fand und nur ihre Hand ein wenig fester nahm, wandte sie sich auf einmal zu mir, sah mich gerade an und fragte hell und lustig:

»Waren Sie denn schon einmal richtig verliebt?«

Was da in mir vorging, ist am besten dem plötzlichen Felsensturz eines ruhig fließenden Baches zu vergleichen. Es schäumte und sprudelte, ich fühlte jähe Hitze in meinen Wangen, und Dorf und Wald und Mädchen tanzten vor meinen Blicken. Ich konnte weder ja noch nein sagen, denn beides wäre nicht wahr gewesen. So schwieg ich denn und sah ihr eine lange Weile in die blanken, dunkelblauen Augen und hörte auf den jagenden Hammerschlag meines Blutes.

»Nun?« fragte sie auffordernd.

Da sagte ich statt jeder Antwort einfach heraus, was ich vor mir sah:

»Sie haben so schöne, glänzende Augen –. Warum glänzen Ihre Augen so schön –?«

Ich war überrascht, daß meine Stimme auf einmal anders klang, und fühlte, daß hier etwas mitschwang, was bisher geschwiegen hatte.

Hedwig lachte kurz auf.

»Meine Augen? Was ist Ihnen daran nicht recht? Die sind von selber so.«

Sie machte eine kleine Pause und sagte dann, als sei ihr plötzlich etwas eingefallen:

»Aber man kann sie noch viel stärker glänzen machen –.«

Und nun erzählte sie mir in ihrer munteren Art, sie habe neulich wieder in den medizinischen Büchern des Vaters herumgestöbert, – das tue sie öfters, und man finde da »fabelhaft interessante« Dinge – und diesmal habe sie in einem Werk gelesen, man könne den Glanz der Augen erhöhen, wenn man Tollkirschensaft einträufle. Deshalb heiße die Tollkirsche auch »bella donna«, weil die Frauen durch sie viel schöner würden.

»Aber Tollkirschen sind doch giftig«, wandte ich ein.

»Freilich, essen darf man sie nicht!« rief Hedwig, »aber ich möchte doch welche haben, ich muß Tollkirschen bekommen! Sie können sich dann auch die Augen damit glänzend machen. In dem Buch stand: ›Der Blick wird lockend, von dunklem Feuer, und bekommt etwas Verführerisches. Deshalb wird ‚ bella donna‘ häufig von den Priesterinnen der Venus gebraucht –.‹«

»Die gibt's ja nicht mehr,« sagte ich, »das war im Altertum – bei den Römern –.«

»Aber das Buch ist ganz neu,« entgegnen Hedwig, »es steht erst seit einem Jahr im Bücherschrank –.«

Ich zuckte die Achseln. Es fiel mir ein, daß zwei Stunden von unserem Haus waldaufwärts ein Platz war, an dem Tollkirschen wuchsen. Die Gegend hieß das Eichkreuz, denn es hatte einmal eine Wegkapelle dort gestanden, von der freilich bis auf ein morsches Kreuz nichts mehr da war. Selbst war ich noch nie dorthin gekommen, aber von den Försterbuben wußte ich, daß das Eichkreuz ein verrufener, unheimlicher Ort war. Einmal hatte man dort im Gebüsch den verwesten Leichnam eines Jägers gefunden, der schon ein ganzes Jahr gesucht wurde. Man konnte nicht feststellen, wie der Jäger gestorben war; zuerst riet man auf einen Kampf mit Wilderern, es gab aber keine Anhaltspunkte, und als zu derselben Zeit eine junge Bauernfrau dieser Gegend, die seit Jahresfrist mit einem alten Geizhals verheiratet war, plötzlich wahnsinnig wurde und immer beim Eichkreuz im Wald herumstreifte, setzte sich allenthalben die Meinung fest, der Jäger habe sich wegen der unnatürlichen Geldheirat seiner Herzliebsten mit den Tollkirschen vergiftet, die dort üppig wucherten.

Eines Tages nun – so erzählten die Försterbuben weiter – hätten zwei Holzknechte, die nahe am Eichkreuz Bäume schlugen, im Wald eine Frauenstimme wunderfein singen hören; als sie nachsahen, fanden sie die närrische Bäuerin mitten in den Tollkirschen sitzen, und während sie eifrig eine Beere nach der andern in die hohle Hand pflückte, sang sie mit einer klaren und ein wenig traurigen Stimme ein einsames Lied von der Liebe. Wie aber ihr Blick auf die zwei bärtigen Waldknechte gefallen sei, habe sie hastig, wie ein Kind, das um seinen Besitz fürchtet, die ganze Hand voll Giftbeeren schnell in den Mund gestopft. So eilig die beiden Holzer auch zusprangen, es war schon zu spät; die Bäurin hat den andern Tag nicht mehr gesehen.

Diese merkwürdige, wehe Geschichte kam mir wieder in den Sinn, als ich Hedwig von Tollkirschen reden hörte, und nun war es mir erst ganz sicher, daß die junge Bäuerin und der Jäger einander geliebt hatten und daran gestorben waren. Vielleicht hatte auch sie Gift in den Augen gehabt, und ihr Blick, der dem Jäger den Frieden nahm, war gewiß dunkel und lockend gewesen.

Ich schwieg und dachte an die schwarzen Giftbeeren, die in den Augen das Liebesfeuer anzünden und zugleich den Tod bringen.

»Wenn ich nur wüßte, wo hierherum Tollkirschen wachsen, ich würde sie mir gleich holen«, sagte Hedwig. »wissen Sie keinen Platz?«

»O ja«, entgegnete ich langsam und nachdenklich.

»Wo?«

Ich wußte nicht recht, ob ihr die traurige Begebenheit, deren Kunde sich um das Eichkreuz spann, bekannt war. Wahrscheinlich hatte auch sie schon davon gehört, und so hätte eine Erwähnung dieses Ortes die herzleidige Sache wieder herangerufen. Dagegen aber stemmte sich in mir eine fast abergläubische Angst um den reinen Frieden dieser Stunde, und so sagte ich nach kurzem Nachdenken:

»Das verrate ich Ihnen nicht. Aber wenn Sie mitkommen wollen, so führe ich Sie hin.«

»Was für Geheimnisse!« lachte sie, »gut, ich komme mit. Wann gehen wir?«

Wir bestimmten gleich den nächsten Tag, und da der Weg zum Eichkreuz starke zwei Stunden verlangte, so bestellten wir uns für die dritte Stunde nach Mittag zum Jägerhaus, das am Waldessaum stand, und zu dem wir beide gleich weit hatten. –

Als die Aveglocke heraufklang, standen wir auf.

Wir hatten einander während der ganzen Zeit nicht losgelassen, und so gingen wir auch jetzt Hand in Hand den »Liebesweg« hinunter, zwischen reifen Ährenfeldern, in denen wir ganz verschwanden, dann ein kurzes Stück neben den flüsternden Weiden am Bach, über den kleinen, wankenden Steg und schließlich durch eine weite, sirrende Wiese, darüber kleine Abendschmetterlinge einen stummen Reigen tanzten.

An der Straße, nahe bei ihrem Hause, trennten wir uns.

»Also morgen!« sagte ich.

»Ja – morgen –.«

»Bestimmt!«

»Ganz sicher.«

»Gute Nacht –.«

»Schlaf wohl!«

»Träume süß!«

»Du auch –.«

Ich sprang aufs Rad und schaute oft zurück. Sie sah mir nach. Auf einmal winkte sie lebhaft. Ich kehrte um und war gleich wieder neben ihr.

»Wenn aber morgen an der geheimnisvollen Stelle keine Tollkirschen stehen, dann schau ich dich nie, nie mehr an!« sagte sie lachend und drohend zugleich, und ehe ich noch beteuern oder versichern konnte, hatte sie sich schnell gedreht und lief, ohne zurückzusehen, ihrem Hause zu.

*

Auf der Heimfahrt geriet ich in ein rasendes Zeitmaß, denn eine ungestüme, drängende Kraft war plötzlich in meine Glieder gefahren. Hedwig hatte »du« zu mir gesagt, und ich hatte es erwidert, ohne daß sie sich daran stieß. Es war einfach von selbst gekommen, ohne Abmachung, ohne förmliche Bruderschaft – wieder und wieder hörte ich den leise singenden Tonfall ihrer Stimme – »Schlaf wohl –«.

Und morgen würden wir mitsammen durch den Wald gehen – ganz allein – wie zwei richtige Liebesleute – zwei Stunden hin, zwei Stunden zurück – uns immer an der Hand führen – und wohl auch einmal eine Weile rasten –. Ich konnte es gar nicht ausdenken, daß wir uns vielleicht auch küssen würden; aber undeutlich schwebte eine Szene dieser Art doch immer im Ziel aller meiner wirbelnden Gedanken.

*

Der Abend schmeichelte wie laues Wasser, als ich nach dem Nachtessen in den Garten ging. Die Blätter hingen sonnenmüde und satt an Büschen und Bäumen, vom Blumenbeet herüber wehte schwerer, honigsüßer Duft. Große Windenschwärmer schnurrten geheimnisvoll durch die weiche Dämmerung. Früher hatte ich sie gefangen und aufgespießt; heute sah ich ihnen staunend zu, wie sie mit langausgestrecktem Saugrüssel von Blume zu Blume schwebten, einander umgaukelten und dann plötzlich ins Dunkel schossen. Auch sie waren mir mit einem Male irgendwie näher gekommen, wie der tote Jäger und seine Herzliebste, die an den Tollbeeren starben, wie dieser ganze Abend mit der unendlichen Fülle von raunendem Leben und verborgenem Glück.

Ich ahnte plötzlich, daß zu dieser Stunde auf heimlichen Wegen Hand in Hand Liebespaare gingen, einander »du« sagten und sich küßten. Das »dunkle Feuer«, wovon Hedwig in dem Buch gelesen hatte, schien mir im Augenblick überall zu glosen, im Saft der Bäume und Büsche, in den lockenden Blumen, den surrenden Schmetterlingen und in mir selbst, und ich dachte gar nicht daran, daß dieselbe Kraft, aus der dieses Feuer sprang, auch ein Todesgift sein konnte.

Hinter der Laube, wo frisches Heu auf der Wiese lag, begegnete mir Marianne. Kaum sah sie mich, hatte sie mich auch schon gepackt und rief:

»Ich muß dich doch wieder einmal unterkriegen, du bist mir schon lange zu stolz und spröde –!«

Und sie bemühte sich mit voller Kraft, mich zu werfen. Ich beschränkte mich aufs Abwehren, drehte ihren Arm zurück, daß sie vor Schmerz aufschrie, und hielt sie mir, so gut es ging, vom Leibe. Sie ließ denn auch bald von mir ab, indem sie vorgab, ich hätte ihr den Arm ausgerenkt, zog ihr schmales, silbernes Zigarettenetui, das sie immer im Gürtel stecken hatte, hervor und trat in die Laube.

»Komm, kleiner Grobian, rauchen wir die Friedenspfeife«, sagte sie und streckte sich auf den Liegestuhl, auf dem sie fast den ganzen Tag, Romane lesend, zuzubringen pflegte. »Eigentlich sollte ich böse auf dich sein, denn du hast mir sehr weh getan. Aber ich will Milde walten lassen, weil du so schöne Augen hast. Da – du darfst dir sogar eine Zigarette nehmen.«

Sie hielt mir die Tabaksdose entgegen, so daß ich näher kommen mußte.

»Setz dich,« sagte sie, und deutete einladend auf den Rand des Liegestuhles, »wir haben schon beide Platz –.«

Ich folgte ihrer Aufforderung, nahm eine Zigarette, und sie reichte mir die eigene hin, daß ich daran anrauchen konnte. Dabei wandte sie keinen Blick von mir, verfolgte stets lächelnd durch die langen, dunklen Wimpern jede meiner Bewegungen und freute sich offenbar an meiner Verlegenheit.

Ein Schweigen entstand.

Verstohlene Mondlichtflecken glitten, wie sich das Weinlaub in der Abendluft regte, über Boden, Bank und das weiße Kleid Mariannens, über ihren braunen Arm und die schmale Hand, die die glimmende Zigarette hielt; ein säuselnder Nachtfalter hatte sich zu uns verirrt und stieß fortwährend an das Dach der Laube.

Ich suchte möglichst unbefangen zu rauchen, und um nicht länger schweigend ihren Blicken ausgesetzt zu sein, sagte ich, ein Wort, das ich vor einigen Stunden gehört hatte, gedankenlos zum besten gebend:

»Sie haben Augen wie eine Priesterin der Venus –«

Marianne fuhr in die Hohe.

»Was redest du da!« rief sie aufs höchste überrascht, »was weißt du von –?«

Ich fühlte, daß ich ihr in diesem Augenblick über war, obgleich ich keine Ahnung hatte, warum.

»Die hatten nämlich › bella donna‹ in den Augen,« sagte ich belehrend, »das gibt dem Blick ein dunkles Feuer –.«

Sie sah mich zweifelnd an. Der Nachsatz schien meiner Überlegenheit stark geschadet zu haben. Um mich aber noch wissender zu zeigen, fuhr ich fort:

»Bei den Römern natürlich oder bei den Griechen als es solche Priesterinnen noch gab –.«

»A so –,« sagte Marianne, und legte sich wieder zurück, »bei den Griechen –?«

Wieder rauchten wir wortlos, indes das Mondlicht in den Blättern spielte. Plötzlich erhob sich Marianne, kam mir ganz nahe, so daß ich ihren Atem an meiner Wange spürte, und flüsterte:

»Du bist ein dummer, dummer Junge –!«

Zugleich packte sie mich an der Schulter und wollte mich niederringen. Aber da war ich auch schon los und sprang auf.

»Wer ist dumm?«, rief ich keck, und begann wütend auf sie einzuboxen. Sie war mir plötzlich nicht mehr das Fräulein, das man achten, auch kein Mädchen, das man schonen mußte, nur jemand, der mich dumm haben wollte, was mich gerade am Abend eines solchen Tages aufs tiefste beleidigte.

Schreiend entfloh sie, ich jagte hinter ihr her, und so stürmten wir erhitzt und mit fliegendem Atem mitten in die Gesellschaft, die, wie jeden Abend, auf der Veranda eben ihre bedächtige Plauderstunde hielt. Dort stimmten wir beide in das allgemeine Gelächter ein, das uns empfing, und die züngelnde Flamme, die zwischen uns zweien aufgezuckt war, mit breiter Ahnungslosigkeit verdeckte.

So wenig, wie ich um sie, kümmerte sich Marianne den weiteren Teil des Abends um mich.

*

Früh morgens stand ich am Fenster meiner Kammer und schaute über den Garten nach dem Wald hinüber. Aber heute gingen meine Augen nicht mehr leer und unstät, sie verstanden alles, was sie sahen, und ich nickte voll klarer Freude dem jungen Tage zu, in dessen morgenfrischem Antlitz Heimat und Liebe lächelten.

Ich sah nach dem Wetter. Leichte Taunebel schleierten über den Wiesen und zogen sich bis gegen die Mitte der Berghänge. Da sie nicht höher stiegen, sondern sich leicht in die Mulden senkten, stand ein sonniger Tag zu erwarten. So gut ich aber auch seit Jahren hier alle Wetterzeichen kannte, an diesem Vormittag traute ich mir selber nicht, schaute lange nach jeder kleinen Wolke, die am Horizont auftauchte, beobachtete argwöhnisch ihre Richtung und ihr Wachstum, fragte jeden Menschen, ob es wohl heute nachmittag nicht regnen würde, und sah sogar nach dem Barometer, das ich sonst immer mit Geringschätzung behandelte.

Mit solcher Forschung brachte ich den ganzen Vormittag hin, kümmerte mich nicht um die Indianer, die in den »Prärien« hinter der Laube lärmende Kämpfe aufführten, und suchte vor allem jede Begegnung mit Marianne zu vermeiden.

Ruhelos durchstreifte ich alle Winkel in Haus, Hof und Garten, fing allerlei Handwerk an, um es gleich wieder stehen zu lassen, und wo immer ich mich auch festsetzen wollte, nirgends fand ich an diesem Vormittag einen Platz, wo ich mich hätte verbergen und meiner Stunde entgegenträumen können.

*

Durch eine Wiese, die mit tausend Stimmen sang, ging ich langsam dem Walde zu.

Ich hatte es nicht eilig, denn ich war eine ganze Stunde früher dran. Auch war, seit ich dem Ziel entgegenging, eine glückliche Ruhe in mir, die mich auf alles, was lebte und rief, innig achten und mit jedem Schritt neue Offenbarungen erfahren ließ.

Ich blieb stehen und sah einem Käfer zu, der einen hohen, wankenden Halm hinaufkletterte. Auf der Spitze angelangt, schien er sehr überrascht, daß es nun nicht mehr weiter ging, tastete mit den Fühlern nach allen Seiten in die Luft und überlegte, was zu tun sei. Schließlich kehrte er gemächlich um und kletterte vorsichtig zurück. Ein anderer Kerf jedoch, schlanker und behender als der erste, kam flink denselben Halm heraufgekrabbelt. Als die zwei einander begegneten, hielten sie an und streckten die Fühler aus. Der Neuangekommene war gleich kampfbereit, hob sich in den Vorderbeinen und wies dem andern die Zange. Dieser aber spreitete plötzlich die Flügeldecken, pumpte ein wenig Luft, und indem er den ungemütlichen Stänker mit der gierigen Freßzange unten stehen ließ, entschwebte er selig summend in die blaue, glitzernde Höhe.

Wie verstand ich plötzlich diesen Käfer, wie liebte ich ihn, den ich noch vor wenigen Tagen für einen Feigling gehalten hätte.

Ein Lustschauer durchrieselte mich, indem ich weiterging und tief empfand, wie sich mir alles wie durch einen Zauberschlüssel auftat, seit ich mit Hedwig den »Liebesweg« hinangegangen war. Ich fühlte mich sicher und daheim, wenn ich an sie dachte und Sonne, Wiese und Wald um mich waren. Da war alles rein, und es gab keine unausgesprochenen Fragen, wie sie stets in den lockenden, halbverdeckten Augen Mariannens lauerten und mir allen festen Boden gleichsam unter den Füßen wegzogen. Ich spürte in diesem Augenblick etwas wie Feindschaft gegen die zigarettenrauchende Romanleserin mit ihrer lächelnden Überlegenheit und konnte mir gar nicht denken, daß man etwa mit ihr Hand in Hand durch Feld und Wald gehen konnte und dabei wunschlos und heiter war.

*

Das Jägerhaus, der Ort unserer Zusammenkunft, stand am Ausgang einer Senkung, die sich stundenweit ohne Weg in den Wald hinaufzog und schließlich im dicken Gestrüpp verlor, wo das Eichkreuz stand. Näheres über die Richtung wußte ich nicht, aber ich war ganz sicher, den Platz zu finden.

Auf einer kleinen Anhöhe, die mit Haselbüschen bewachsen und so gelegen war, daß ich den heranführenden Weg gut überschauen konnte, ohne indes selbst gleich sichtbar zu sein, legte ich mich ins dürre Berggras und wartete.

Ich hatte mich sorgfältig auf diesen Gang vorbereitet, mein bestes Gewand angezogen, den höchsten steifen Kragen ausgesucht und eine karierte Mütze mit Vorbedacht etwas nach hinten aufgesetzt, so daß einige Haarlocken sich ungezwungen unter dem Schild hervor auf die Stirne ringelten. Unter meinen Krawatten schien mir ein herrliches, schwarzseidenes Stück mit hellergroßen, grasgrünen Tupfen am besten jenen Grad von Geschmack und Kleidsamkeit kundzugeben, der mir von vielen Seiten für den Umgang mit Damen als erste Unerläßlichkeit bezeichnet wurde. – Auch hatte ich ein kleines Bändchen goethescher Gedichte in einer Tasche stecken, in der andern aber befand sich meine Schleuder und einige grobe Schrotkörner, denn von meinem vertrauten Schießzeug konnte ich mich trotz allem nicht trennen.

Ich schwankte zunächst, ob ich mir die Zeit nicht mit einer kleinen Schleuderübung vertreiben sollte, entschied mich aber schließlich für Goethes Gedichte, weniger, um mich gerade literarisch zu bilden, sondern aus der hoffenden Ahnung, vielleicht hier den Lebenshintergrund zu finden, den mir die Geschichten meiner Knabenbibliothek in letzter Zeit immer mehr schuldig blieben.

Ich blätterte und las endlich:

>>Freudvoll
und leidvoll
gedankenvoll sein –
Langen
und bangen
in schwebender Pein –
Himmelhoch jauchzend,

zum Tode betrübt;
Glücklich allein
ist die Seele, die liebt.«

Erschrocken sah ich auf diese Verse. Da sagte mir jemand kurz und klar, in lebhaften, farbigen Worten, so daß mir das Herz bis zum Hals herauf klopfte, was ich in allerjüngster Zeit als tiefstes und – wie ich glaubte – nie dagewesenes Geheimnis erfahren hatte.

Mit heißen Wangen las ich noch einmal:

>>Freudvoll
und leidvoll
gedankenvoll sein – –«

Drüben im Kirchturm schlug es langsam drei Uhr. Ich suchte den Weg entlang. Niemand war zu sehen. Wieder fielen meine Augen auf Goethes kleines Gedicht.

>>– – – – –

Langen
und bangen
in schwebender Pein – –«

Hedwig hatte sich wohl den Weg zum Jägerhaus kürzer vorge-stellt – vielleicht ging sie eben erst von daheim weg – da hatte sie eine Viertelstunde her – vielleicht war sie schon unterwegs – jeden Augenblick konnte da drüben unter den Bäumen das blaue Kleid sichtbar werden – und dann kam sie näher und näher – ich würde mich nicht rühren – sie nur ansehen, wie sie die zierlichen Füße fest und sicher aufsetzte und die Welle der Bewegung ungebrochen und schön durch ihren Körper ging – wie die blonden Haare in der Son-ne lachten, wenn sie den feinen Kopf suchend hin und her wandte – oh, sie sollte nur suchen – für jede Minute, die sie mich warten ließ, sollte sie büßen – aber dann – dann – was dann? Ich würde artig sagen: »Guten Tag, Fräulein« – sonst nichts. Ach, daß man nicht sagen durfte, was einem im Herzen schrie –. Du Liebe! Du Liebe! Du Allerliebste –!

Freilich, erst mußte sie da sein – und sie kam noch immer nicht – wie, wenn sie gar nicht –.

Das wollte ich nicht zu Ende denken und sah wieder ins Buch.

>>Himmelhoch jauchzend –
zum Tode betrübt – –<<

las ich da.

Ich seufzte tief und sah den Weg entlang. Ein leiser Wind streichelte die Wiesen und Felder, so daß sie in langen Wellen hinzufließen schienen. >>Sommer<<, dachte ich. Ich wußte nicht, wie mir gerade jetzt dieses Wort in den Sinn kam, aber es war plötzlich da und nicht wegzubringen.

Sommer – Sommer –, fließende Ährenfelder im Sonnenschein und das Lied von der Liebe im Blut, – Sommer – Sommer –.

Ich hörte Schritte.

Ein kleines Mädchen strampelte den Weg heran. Es hatte ein erdbeerrotes Kleidchen an, und die weizenblonden Haare waren in einen kurzen, festen Zopf gedreht, der steif im Nacken stand und mit einer kleinen, blauen Masche zusammengebunden war. Das Kind trug eine blecherne Milchkanne, die leer sein mußte, denn sonst hätte es nicht so lustig damit schlenkern können. Auch schlug es einmal damit nach einer Hummel, die über den Weg summte.

Als das Mädchen unter mir vorbeikam, blieb es einen Augenblick stehen und sah nach dem Jägerhaus hinüber. Dann nahm es den Weg, den ich gekommen war, und hüpfte wie ein Zicklein in drolligen Sprüngen durch die Wiese. Lange sah ich den roten Fleck in der sonnigen Weite tanzen, eine kleine, in sich geschlossene Welt von Sorglosigkeit und hellem Glück.

Ich versank in Nachdenken, versetzte mich in die Zeit, da ich selbst wie dieses Mädchen durch die Wiesen gelaufen war, nach Hummeln und Schmetterlingen haschend, und versuchte mich zu erinnern, was ich damals gefühlt und gedacht hatte. Aber ich fand nichts klar Bestimmtes, weder Lust noch Leid, nur farbige Eindrücke einzelner starker Tatsachen, den Brand eines Hauses, den Tod eines Schulkameraden, der beim Baden vom Mühlrad erfaßt worden war, einen Flintenschuß in unserem Garten und einen oder mehrere Christbäume. Das waren jedoch nur Bilder, die ich in mich aufgenommen hatte; von einem Erlebnis fand ich nichts und konnte mir auch gar nicht im entfernteren Rechenschaft geben, ob ich in all den Jahren irgendwann glücklich oder unglücklich gewesen war. Erst in den jüngsten Tagen begann sich dieses Wissen in mir zu regen und machte mich horchen und staunen.

Lange sah ich in die flüsternden Grashalme, die sich vor mir leise bewegten, und hatte alles vergessen, Zeit und Ort und Ziel meines Wartens.

»Das ist das Leben –«, dachte ich immer wieder, so wie mir früher die Worte »Sommer« und »Liebe« nicht aus dem Kopfe gingen, und ich war voll stiller, tiefer Freude, daß mich das Leben nun an der Hand nahm und reiche Weiten ahnen ließ, in denen Wunder neben Wunder stand.

Durch eine Bewegung fiel mein Blick wieder auf das offene Buch im Grase.

>>Glücklich allein
ist die Seele, die liebt – – –«

Lange starrte ich auf diese zwei Verse, bis mir die Augen zu schwimmen anfingen.

*

Es schlug halb vier. Hedwig kam nicht. Ich stand auf und steckte das Buch ein. Was war zu tun? Es schien mir ausgemacht, daß sie überhaupt nicht kommen würde. Also brauchte auch ich nicht zu warten.

Sollte ich nach Hause gehen, mich verkriechen und trauern? Dazu war ich gar nicht gestimmt. Im Gegenteil: In mir war ein zorniger Triumph. Ich hatte mein Wort gehalten, war gekommen und bereit gewesen, den Weg weiter zu gehen, den wir nun doch betreten hatten. Ich war gerüstet, »ja!« zu sagen – sie hatte offenbar Angst davor bekommen, war ausgebogen, hatte mit dem Feuer nur gespielt, solange man die heiteren Flämmchen sah, aber nicht die rote, heiße Glut, die im Grunde lag.

Oh, sie war falsch –!

Dann stellte ich mir wieder die reinen, dunkelblauen Augen vor und die schimmernden Goldhaare über der klaren Stirn und biß die Zähne zusammen vor Schmerz und Unwillen, daß Hedwig nicht da war.

Nein, gelogen hatte sie nicht – das konnte ich nicht denken – sie war nur zu schwach, ein bißchen feig vielleicht –.

»Sie ist eben ein Weib –«, stellte ich seufzend fest, und erkannte, daß darin Entschuldigung und Anklage zugleich lag.

Ich aber war ein Mann und redete mir ein, daß ich auch ohne sie auf jeden Fall zum Eichkreuz gegangen wäre. Ich würde ihr triumphierend die Tollkirschen bringen und nebenher leichthin erzählen, wie schön der Weg war.

»Schade, daß Sie nicht gekommen sind«, würde ich sagen und so tun, als bedauerte ich das bloß um ihretwillen, als wäre ich um drei Uhr nur gerade am Jägerhaus vorbeigegangen, einen flüchtigen Blick nach ihrem Wege werfend, ohne richtig stehen zu bleiben –, und während ich dies dachte, schaute ich unverwandt nach dem Waldrand hinüber, als müßte ich Hedwig durch meine beschwörenden Blicke herbeizwingen.

Ärgerlich über diesen Widerspruch meines Tuns und Denkens gab ich mir schließlich einen Ruck und ging in den Wald hinein. Erst lief ich mit gesenktem Kopf trotzig und gedankenlos bergan, bis ich stehen bleiben mußte, um ein wenig Luft zu schöpfen. Ich fand mich in einer Gegend, die ich nicht kannte. Die Fichten standen dicht und hoch und ließen nur selten einen Sonnenstrahl durch, der dann um so geheimnisvoller über den dunkelgrünen Moosboden huschte, als sei er auf verbotenen Wegen.

Hoch in den Wipfeln war rauschendes Leben, unten aber, zwischen den Stämmen, stand das Schweigen und sah mit tausend regungslosen Augen lauernd auf mich her. Ein leiser Schauer lief mir den Rücken hinauf. Um ihn zu bannen, fing ich einen niederhängenden Ast und wollte mir einen Stock schneiden. Wie aber das Holz beim Brechen knackte, erschrak ich so, daß ich den Ast hängen ließ und weiter ging, so schnell es die scharfe Steigung erlaubte.

Geraume Zeit drang ich so vor. Die ungewohnte Kleidung und der steife Kragen beengten mich, mein Atem flog und Schweiß stand mir unter den Haaren, aber ich getraute mich nicht, wieder stehen zu bleiben, denn nur, wenn ich in stärkster Bewegung war, fühlte ich nicht das unnachsichtige, drohende Schweigen des Waldes.

Plötzlich hörte ich über mir im Baume das wohlvertraute Knicken und Kratzen fliehender Eichhörnchen. Mit einem schnellen Gewohnheitsgriff hatte ich die Schleuder gefaßt und hielt sie im Augenblick schußbereit in den Händen. Ich sah hoch oben in den dunkelgrünen Nadelkronen zwei fuchsbraune Schrätlein und merkte bald, daß sie nicht vor mir, sondern eines vor dem andern auf der Flucht waren. Mit Schnurren und Pfeifen jagten sie einander durch die Wipfel, ließen sich tief herunterfallen, schossen die Stämme hinauf, die Äste entlang, fanden sich und trennten sich, und schließlich begann ein Tanzen, Werben und Lieben hoch in den wiegenden Zweigen.

Staunend folgte ich ihnen mit den Augen; oft hatte ich die Schleuder erhoben und gezielt, als ich aber sah, daß der vermeintliche Zwist in Wahrheit ein Liebeständeln war, ließ ich die Hände sinken und empfand im Augenblick etwas wie Beschämung und zugleich in meinem Blut ein sonderbares Prickeln und Spannen, das mich plötzlich an die Scheinkämpfe in unserem Garten denken und zum ersten Male Marianne und Hedwig nebeneinander fühlen ließ. Vom »Liebesweg« in seiner sonnigen Klarheit zur mondsilbernen Laube in lauer Sommernacht spannte sich eine geheimnisvolle Brücke.

Langsam ging ich weiter; die Schleuder schlenkerte ich in der Hand, denn ich hatte vergessen, sie einzustecken. Das Ereignis war in mir und hatte mich für den Augenblick von den stummen Fragegeistern des Waldes befreit. Auch mußte ich der Zeit nach schon nahe am Ziel sein und hielt deshalb aufmerksam Umschau.

Die Senkung, der ich gefolgt war, hatte sich verlaufen und wuchernde Staudenbestände traten immer mehr an Stelle des Hochwaldes. Brombeerranken griffen unnachgiebig nach meinen Füßen, zuweilen mußte ich mich mit den Händen durch den verrankten Widerstand zäher Berberitzensträucher reißen. Immer häufiger stieß mein Fuß an Steine; Laufkäfer krochen darunter hervor und flüchteten schnellfüßig in neue Verstecke. Ich achtete ihrer nicht weiter.

Eben hatte ich wieder ein Strauchverhau überwunden, als ich mich einer mäßig großen Lichtung gegenüber fand, aus deren Mitte auf einem kleinen Schutthügel ein morscher Kreuzesstamm zum Himmel ragte. Vom Querbalken hing nur noch eine Hälfte daran, und beim Näherkommen bemerkte ich darin den rostigen Nagel, der wohl einmal des Heilands Hand durchbohrt hatte.

Die Lichtung lag, da die Sonne schon im Sinken war, im tiefen Schatten der jenseitigen hohen Baumwand, und man konnte sehen, daß sie aus dem Wald herausgeschlagen und vor langer Zeit vielleicht auch künstlich geebnet worden war; denn rings um das Kreuz wuchs bis zur Stunde weder Baum noch Strauch, nur dichtes, niederes Kraut wucherte da, und ich sah die schönen, feingeschnittenen Blätter des Adlerfarns und das verführerische satte Rotviolett einzelner Orchideen.

Ich blieb stehen und sah mich um, wie etwa ein Dieb im fremden Zimmer, bevor er die Hand nach dem Raub ausstreckt. Der Wald war voll grüner Dämmerung und sah mich schweigend an, das einarmige Kreuz stand unnahbar in seiner schattigen Einsamkeit. Lautlos und beklommen schlich ich daran vorbei und suchte nach den Tollkirschen. Nicht weit hinter dem Kreuz fand ich einen dichten Bestand von glänzenden Beeren, die merkwürdig ohne Stiel im Blatt saßen. Viele waren noch rötlich, einzelne aber funkelten in tiefem, schwarzen Glanz, geheimnisvoll, todschwanger, lockend und still.

Schon wollte ich danach greifen, da fühlte ich schaudernd, wie aus dem schweigenden Wald, dem starren Kreuz und den lockenden Giftkirschen drohende Schatten wuchsen und auf mich zukamen, ich sah in schrecklicher Deutlichkeit plötzlich die wahnsinnige Bäuerin vor mir, die in angstvoller Hast, die dunkelglosenden Augen auf mich gerichtet, nach den schwarzen Beeren langte, und drüben im Busch stand mit einemmal der tote Jäger, der hatte Tollkirschen in den Augenhöhlen und winkte mit beiden Armen nach ihr . . .

Da packte mich reißende Angst, ich sprang in weiten Sätzen über die Lichtung und lief durch den Wald zurück, als jagten tausend Gespenster hinter mir drein. Ich hatte kein Fühlen und Denken mehr, eiskaltes Grauen trieb und lähmte mich zugleich, und nur eines kreiste immer in meinem zuckenden Gehirn, eintönig und hart, ein schreckliches Bild, ein marterndes, furchtbares Wort: Der Tod –! Der Tod –!

Ich verfehlte den Weg, setzte über einen kleinen Bach, irrte stundenlang durch ein fremdes Revier, und überall, in Busch und Baum glühten Augen in dunklem Feuer, winkten Arme und Hände nach mir, und so oft ich mir auch mit aller Mühe zu sagen versuchte, daß dies alles nicht wirklich sei, immer rieselte es kalt durch meinen Körper und trieb mich in fliehender Hast bergab durch dick und dünn.

Mit zitternden Knien, zermartert und in allen Tiefen aufgewühlt, fand ich mich endlich in später Dämmerung beim Jägerhaus, und an derselben Stelle, wo ich am Nachmittag gewartet hatte, fiel ich hin, und alles Übermaß von Glück und Not, Ahnen, Erkennen, Lebensjubel und Todesangst strömte nun in wilden, unaufhaltsamen Tränenstößen in die warme, mütterlich bereite Erde.

Lange weinte ich so; nie hatte ich tiefer geweint, nie weniger gewußt, warum ich weinte. Aber am Ende konnte ich wieder lächeln.

Ich stand auf, dehnte meine Brust, riß die Muskeln an, und es war mir, als sei ich diesen Nachmittag um ein ganzem Stück größer und breiter geworden.

*

Unser Garten lag in tiefer Dunkelheit; ich war von rückwärts gekommen, um nicht gesehen zu werden, und ging langsam und leise über die Wiese hinter der Laube. Jenseits des Zaunes hörte ich flüstern. Da trat mein Fuß auf ein Stück Holz. Es knackte, und drüben huschten zwei Schatten ins Dunkel. Ich nickte verstehend. Dann beugte ich mich, um zu sehen, worauf ich getreten war. Ich fand eine kleine, hölzerne Streitaxt, ein Tomahawk der »Indianer«. Lächelnd zerbrach ich das Spielzeug in meinen Händen und warf die Trümmer wieder hin.

Nun wollte ich unbemerkt ins Haus auf meine Kammer schleichen und wich deshalb der Laube und Veranda soweit als möglich aus. Beim Blumenbeet aber, wo eine dichte Windenhecke stand, hörte ich plötzlich ein Rascheln neben mir, und ehe ich mich noch hindrehen konnte, hatten mich zwei Arme umschlungen und schnell an eine weiche Brust gezogen. Ich war zu sehr erschrocken, als daß ich mich des Angriffes hätte gleich erwehren können, und als Marianne immer und immer wieder in durstiger Leidenschaft meinen Mund küßte, hielt ich stand und erwiderte ihre Küsse, indem ich sie mit beiden Händen fest am Kopfe packte und meine Finger in ihr dunkles, aufregend duftendes Haar wühlte.

Endlich, wie aneinander vollgetrunken, ließen wir uns los. Marianne verschwand schnell und lautlos, als hätte sie sich in eine der großen, weißen Windenblüten verwandelt, die sich vor mir leicht bewegten. Ich stand noch eine Weile still, und als ich mir, wie um meiner selbst inne zu werden, mit der Hand übers Gesicht streifte, war der Duft der dunklen Haare an meinen Fingern. – Ich erschrak, wie auf einer Sünde ertappt, und tastete mich leise ins Haus.

Keines von uns beiden hatte ein einziges Wort gesprochen.

In meinem Zimmer machte ich kein Licht. Ich wollte die Gegenstände darin nicht sehen. Schwere, süße Schlaffheit lag in meinen Gliedern. Bis lange nach Mitternacht lehnte ich im offenen Fenster und sah über den schlafenden Garten nach dem Wald hinüber, der schwarz und stumm in der stillen Sommernacht lag.

Ich ahnte in dieser Stunde, daß nichts leblos war, sondern alles verwandt und Teil eines wunderbaren Ganzen. Ich wußte, wieviel dieses Schweigen barg. Liebe. Leben und Tod waren mir heute darin begegnet.

Der Musikant

Herrn Professor Dr. Otto Zucker-
kandl, dem Arzt und Menschen

Das Zimmer Numero 13 war das Zimmer der Toten.

Aus allen anderen Räumen in dem weitläufigen Krankenhaus kamen hin und wieder stille Menschen, die mit fragend lächelnden Augen Form und Farbe neu entdeckten, die sie nie mehr zu sehen gehofft hatten. Von liebender Sorge umgeben gingen sie mit tasten-den Schritten die Stiege hinab, durch die weite, leere Halle zum Tor hinaus, in die Sonne, ins Licht, ins Leben.

Und wenn auch etwas wie Heimweh in ihren Herzen war, – denn die Stätte, an der wir leiden, wird uns schnell zur Heimat – so war doch eine Welt von Glück in einem solchen Gang.

Die von Nummer 13 taten ihn selten – sehr selten.

Und wenn es schon einmal geschah, so sahen alle zweifelnd dem Scheidenden nach, und keiner glaubte, daß der einen weiten Weg machen werde. Denn auf Nummer 13 war es üblich zu sterben.

Gewiß; Das hatte seinen Zusammenhang mit der ominösen Zahl; denn wer noch so viel Lebensübermut besaß, um abergläubisch zu sein, kam nicht dahin, und die hinkamen, kümmerten sich nicht mehr um Zahlen, die Glück oder Unglück bringen. – So kam es, daß die von Nummer 13 gewöhnlich ganz still und auf fremden Füßen aus dem Zimmer gingen. Dort aber reinigte die dicke Wärterin das weißlackierte Eisenbett, wechselte das Leinenzeug, steckte einen neuen Kopfzettel auf, – und das leere Bett wartete auf den nächsten, der darin sterben sollte.

Das dauerte nie lange.

Immer kamen welche, die aus dem Leben gingen und dort ihre letzte, diesseitige Station machten. Die Ärzte untersuchten, klopf-ten, drückten, zuckten mit den Achseln und der Professor machte dann gewöhnlich jene kleine, überlegene Handbewegung, die nur die Wärterin und der Assistenzarzt verstanden. Dann gab es höchstens noch eine kurze Zeitangabe. – Man sprach überhaupt wenig und stets gedämpft innerhalb der vier weißen Wände, niemand lachte und selten hörte man weinen. Denn die da in den sechs lichten Betten ihre letzte Stunde abwarteten, hatten gewöhnlich niemand, der um sie trauerte. Sie warteten schweigend und starben still, nur daß die andern alle die Köpfe mit ängstlich fragenden Augen hinwandten, wenn einer »drankam« – das war alles. Dann kam die Rollbahre und wenige Tage später ein »Neuer«. Das einzige Leben – sozusagen – auf Nummer 13 war der Tod, der da mit stillen Werktagsschritten aus und einging.

*

An einem regnerischen Aprilabend brachte der Aufnahmsarzt einen bleichen, aufgeschossenen Menschen auf Nummer 13, dem das letzte Fieber in den dunklen Augen flackerte. Die Wärterin sah ihn an, nickte leicht und sagte gleichgültig:

»Na, legen sie sich halt da hin.«

Dabei wies sie auf das einzige leere Bett im Zimmer, welches neben der Tür in der Ecke stand und von den anderen durch eine schmale Straße getrennt war, die zum Fenster führte.

Der Kranke setzte sich auf die Bettkante und sah auf den Boden. Er atmete schnell und stoßend. Sein Anzug war arg beschmutzt und zeigte einige Risse; auf Ärmel und Weste waren Blutspuren zu sehen.

Die Wärterin stand vor ihm, sah ihn eine Weile erwartend an und sagte dann gegen das Fenster hin:

»Ziehen sie sich aus.«

Die in den anderen Betten kümmerten sich nicht um den Ankömmling. Nur der bleiche, junge Mensch auf Nummer 3 wandte langsam den langhaarigen Kopf und schaute den Mann, der mit vieler Mühe seine Kleider ablegte, aus großen, leidvollen Augen an. –

Nach einer Weile kam der dicke Verwalter an das Krankenbett, schneuzte sich in ein blaues Taschentuch, setzte umständlich seinen

Kneifer auf die Nase, zog ein Blatt Papier und einen Bleistift aus der Tasche und begann seine Amtshandlung.

»Sie heißen?«

»Amadeus Wegerer«, sagte der Kranke leise, indem er zur Decke emporblickte.

Der Verwalter wiederholte und schrieb:

»Wegerer – Amadeus. – Wie alt?«

»Sechsundzwanzig Jahre.«

»Religion?«

Der Kranke schwieg, als besänne er sich.

Der Verwalter sah ihn über den Kneifer an und fragte:

»Katholisch?«

Der Kranke nickte kaum merklich; ein leises, wehes Lächeln, wie eine Erinnerung an ferne Schönheit, glitt über das blasse, magere Gesicht und blieb zwischen den leichtgeöffneten Lippen stehen. Der Verwalter brummte etwas und schrieb, über das Nachtkästchen gebeugt, »katholisch« in die fragliche Rubrik. Dann fragte er weiter:

»Stand? Verheiratet?«

»Nein.«

»Also ledig«, sagte der Verwalter und schrieb.

»Was sind sie?«

Der Kranke sagte kaum hörbar: »Musiker.«

»Reden sie doch deutlicher. Also: Musikant – nicht?«

Da lächelte Amadeus Wegerer und nickte: »Ja – Musikant.«

Der Verwalter schüttelte den dicken Kopf, schrieb noch einiges auf seinen Zettel und wackelte dann eilig hinaus. In der Türe begegnete er der Wärterin und dem Zimmerarzt, der die Abendrunde machte.

Der Arzt warf einen prüfenden Blick auf den Kranken, fühlte seinen Puls, sah flüchtig nach dem Kopfzettel, wo die Wärterin bereits die Temperatur eingetragen hatte, und sagte dann:

»Na ja – gut. Also morgen kommt ja so der Professor.«

Darauf redete er noch halblaut mit der Wärterin und ging die andern Betten ab. Überall sah er rasch nach dem Zettel, fragte »Wie geht's?«, sagte »Na also – gut« und ging weiter.

Nach der Runde kam die Wärterin an das Bett in der Ecke, legte dem kranken Musikanten einen Eisbeutel auf die fiebernde Stirn und rührte ein Pulver in sein Wasserglas.

»Das trinken sie dann«, sagte sie ruhig, indem sie weiterging um nach den anderen zu sehen. Da und dort rückte sie ein Kissen zurecht, und zu dem stillen Mann auf Nummer 3 sagte sie:

»Schreien sie nicht wieder in der Nacht. Wir wollen doch schlafen.«

Alles, was sie sagte, war deutlich, fest und einfach. Es war weder Härte noch Milde im Tonfall ihrer Stimme, sie sprach gleichmäßig halblaut und sah dabei stets über den Kranken weg. Jeder Satz, jedes Wort klang so, als hätte sie es in völlig gleicher Weise, ja zur selben Zeit an derselben Stelle schon tausendmal gesprochen. In dieser Stimme war der Raum mit den vier leeren, kalten Wänden und das stumpfe Weiß der Einrichtung mit restloser Vollkommenheit in Töne umgesetzt.

So dachte Amadeus Wegerer mit halbgeschlossenen Augen, nachdem die Wärterin die große Mittellampe abgedreht und sich in ihren Stuhl gesetzt hatte, der in der Ecke neben dem Tisch mit den Schalen, Instrumenten und Wäschestücken stand, wo eine kleine Nachtlampe mit Milchglasschirm brannte.

Dort nickte die Wärterin ein.

Es war still.

Irgendwo ging eine Tür, schnelle, kurze Schritte klapperten über einen steinernen Gang, eine zweite Tür fiel unsanft ins Schloß – der Ton war einige Schwingungen höher als der erste – und lange nachhallend schwebte der Schall in der leeren Halle.

Mit diesem Ton im zuckenden Hirn schlief Amadeus Wegerer müde ein.

*

Er schlief schwer und traumlos.

Nur einmal riß ein grelles Bild wie ein Windstoß den dunklen Vorhang von seiner Seele. Er sah viele Menschen um sich, sah, wie sie Martha von ihm wegdrängten – fühlte einen Stoß – schrie auf und stürzte hin, während ihm helles Blut aus dem Munde quoll.

Er erwachte schweißbedeckt und voll Angst. Es war ihm, als schwebe der Widerhall seines Schreies noch in dem leeren Raum. Da rief eine laute Stimme voll Qual und Anklage:

»Gott, warum schlägst du mich mit deinem Zorn!?«

Der letzte Laut schlug hart gegen die Wände und erstarb in einem schmerzlichen Wimmern. Die Wärterin zischte. Man hörte, wie sich jemand im Bette wälzte; dann war es wieder still.

Auch Amadeus Wegerer sank zurück ins wehrlose Dunkel des Schlafes. Kein Bild quälte ihn mehr in dieser Nacht.

*

So waren die Nächte. Zuckend und ruhelos.

Fast jedesmal schrie der gemarterte Mensch zu Gott, und in jeder Nacht zerriß, wie ein Blitz durch schwarze Wolken leuchtet, ein grelles, gewaltsames Bild den traumlos tiefen Erschöpfungsschlaf des kranken Musikanten.

Selten waren es freundliche Gesichte aus der Zeit, da ein Finden war zwischen ihm und dem Weibe, ein Wollen, ein Ineinandersinken grenzenlos. Da er Martha gefühlt hatte als den Ruf Gottes nach seiner Kraft, da sie ungeheures Sehen in ihm aufwühlte. Selten nur waren die Bilder aus den Jahren der Fülle, da er mit vollen Händen gegeben hatte aus dem Überfluß der gehobenen Schätze.

Andere Gestalten aber kamen oft.

Vom ersten Schatten, vom frühesten Flügelrauschen des schwarzen Engels, dem er nun ruhig entgegensah, bis zur grotesken Fratze der ohnmächtigen Gewalttat, die das Ende war, schlangen sie ihren Gespenstertanz, fieberverzerrt und martervoll, so daß der Kranke jedesmal mit Bangen der Nacht entgegen sah, die ihn unbarmherzig den bösen Dämonen überlieferte.

So waren die Nächte.

Anders aber waren seine Tage.

Da war Verstehen in ihm, mildes Einsehen und klare Ruhe. Welch ein Tor bist du gewesen! dachte er. Mußte nicht alles so sein? War nicht Sinn und Ebenmaß in allem? Wer hätte es auch nur anders wünschen dürfen? Mußte Martha nicht den Weg jener gesunden Kraft gehen, die sich mit Notwendigkeit von allem abwendet, was krank und unzureichend ist? Heilig ist das Leben! Wie kurzsichtig war sein unfruchtbarer Trotz gewesen, der nicht die Kraft zu entsagen fand, da er die Kraft zu halten doch nicht mehr hatte!

Er erkannte nun plötzlich das falsche Urteil seiner letzten Jahre, das über Wert und Unwert richten wollte, wo in Wahrheit nur der selbstverständliche Gegensatz steigender und sinkender Lebenskräfte sich immer rücksichtsloser zwischen ihn und Martha stellte.

*

So gingen seine Gedanken, indeß der Tag still und unpersönlich an ihm vorbeiglitt. Man ließ ihn ruhig liegen, weil ihm nicht zu helfen war. Das ahnte er und lächelte. Aber was ihm noch an Leben verblieb, umfaßte mit hellsehender Innigkeit jede geringste Erscheinung seiner armen Umgebung.

Mit besonderer Gier suchte sein Ohr nach Klang und Ton. In einigen Tagen kannte er alle Geräusche des weiten Hauses, das Klopfen der Schritte in den einzelnen Stockwerken, den Schlag jeder zufallenden Türe, die einzelnen Signalglocken und Stimmen, die das Echo der Mittelhalle zu seltsamer Größe verzog. So wenig Wohllaut in all diesen Tönen war, verbanden sie sich dennoch für Amadeus Wegerer zu einer neuen Harmonie, die über dem dumpfen Brausen der Großstadt, das hin und wider wie fernes Gewitterrollen durch die geschlossenen Fenster hereindrang, in klaren Linien von herber Bestimmtheit dahinschwebte. Nach und nach liebte er diese Töne und nickte ihnen zu, wie man an fremden Menschen Anteil gewinnt, die einem auf täglichen Wegen mit fester Regelmäßigkeit begegnen.

Aber wie uns unter ihnen etwa stets zu gleicher Stunde ein helles Kind anlacht und aller andern Bild überstrahlt, so war gleich am ersten Abend ein fernes, feines Singen im Ohr des Musikanten gewesen, unwirklich und flüchtig, wie eine Erinnerung, die für Augenblicke Gestalt wird und wieder verschwebt, aber die Unrast vergangener und versäumter Lebensfülle süß und herb zugleich erwachen läßt.

Wie einer, den die Liebe führt, harrte der Einsame jeden Abend zwischen Bangen und Hoffen auf den fernen Klang. Denn manchmal, wenn der Frühjahrswind winterrauh durch die Gassen fuhr oder Regen an die Fenster streute, blieb das feine Singen aus. Das waren schwere Stunden für Amadeus Wegerer, und zuweilen weinte er dann leise und unbemerkt tief in die Nacht hinein. Am andern Tag aber war seine ruhelose Sehnsucht nach der Stunde zwischen Licht und Nacht umso stärker, und er war wunschlos und befreit, wenn das sanft ziehende Klingen in zitternden Wellen nach ihm rief.

Es war eine Geige, die da sang; eine einsame, schüchterne Geige.

Durch das geschlossene Fenster war die Weise nur schwer zu verfolgen. Sie senkte sich zuweilen in die tiefen Saiten, verlor sich oft ganz, tauchte wieder empor, schwebte Augenblicke lang vibrierend, wie eine Libelle über dem Wasser, in gleicher Höhe und überschlug sich plötzlich in jauchzenden Trillern nach oben. Oder sie seufzte in einzelnen, traurig-langen Zügen, deren Verbindung unhörbar blieb, in den herben Aprilabend hinaus, und es klang durch das geschlossene Fenster, wie heimwehbanges Rufen aus weltweiten Fernen.

So einfach und unbeholfen die Kunst dieser Töne war, so tief und klar fühlte Amadeus Wegerer das reine Herz ihres Schöpfers. Etwas rührend Schuldloses lebte in ihnen, ein Funke jener großen, gottnahen Einfachheit, die Kind und Künstler Hand in Hand gehen läßt, Lächeln und Tränen vereint und uns den Feind verstehen lehrt.

Wer die Geige spielte, wußte der Musikant nicht. Es wäre ihm schwer möglich gewesen, durchs Fenster zu schauen, das sich hinter dem Kopfende seines Bettes befand; eines Abends aber fing er im Handspiegel das Bild eines vielstöckigen Zinshauses auf, das jenseits des öden Platzes mit vielen ähnlichen Gebäuden dem Spital den Rücken zuwandte. Er sah Stiegenhausfenster und Küchenbalkone mit armseligen Eisengeländern und daran flatternden Wäschestücken.

Auf einem aber, hoch oben im vierten Stockwerk lehnte ein Mädchen und strich die Geige. Die arme, schmale Figur des Kindes hob sich in klaren Umrissen von der weißen Hauswand ab, der magere rechte Arm führte den Bogen langsam und gleichmäßig auf und nieder. Den Kopf auf die Geige gelegt, die sie voll Liebe an sich zu drücken schien, war das Mädchen ganz im Lied verloren, und aus der trostlosen Öde von Feuermauer und Hinterhaus hob sich das zarte Singen empor über Dächer und Schornsteine und streckte verlangende Kinderhände durch Dunst und Rauch in die blaue, flimmernde Unendlichkeit.

Und Amadeus Wegerer, dem Musikanten, schien es, als töne Antwort von dort zurück, als halte das feine, einsame Kind, über alle Dürftigkeit erhöht, ein seltsam freies Zwiegespräch mit reinen Fernen.

*

Um die Besuchsstunde war das Haus auf Stiegen und Gängen lebendig von schnellen Schritten, in denen Amadeus Wegerer Sorge und Hoffnung schwingen hörte. Auf Nummer 13 kam jeden Tag eine kleine, alte Frau, deren von tausend Falten und Fältchen zerwittertes Gesicht durch eine Hakennase und eine breitrandige, schwarze Hornbrille durchaus an eine stillblickende Eule denken ließ. Wortlos trippelte die Frau mit kurzen, schnellen Schritten auf das dritte Bett in der Reihe zu, wo der blasse, langhaarige Junge lag, der jede Nacht laut Gott anklagte, setzte sich auf den Stuhl neben dem Krankenlager und schaute ihrem Sohn still und unbeweglich in die Augen. So blieb sie die ganze Stunde. Nur selten unterbrach, kurz und schnell geflüstert, Frage oder Antwort diese stummlebendige Zwiesprache, in der das ewige Mysterium leidgesegneter Liebe glühte, das jede Mutter heilig sein läßt, wie die Eine unter dem Kreuz auf Golgatha.

Die ungewöhnliche Klarheit, die Amadeus Wegerer in diesen Tagen hell in alle Dinge sehen machte, zeigte ihm hier im Blick der Mutter auf den gemarterten Sohn eine ganze Welt von Hoffnung, Schmerz und Gram, Liebe voll tiefster Opferbereitschaft, beschwörendes Gottvertrauen neben den Schaudern grauenvollster Verzweiflung. Er lebte tief inmitten zuckender Wunder und Offenbarungen, und indem er in unscheinbaren Ereignissen: dem sehnsüchtig zitternden Geigenstrich eines Mädchens und dem sorgenvollen Blick einer Mutter auf ihren Sohn mit einem Male letzte Dinge umfassende Weiten erkannte, überkam ihn mächtig das Glück der Befreiung, hob ihn leicht über alles weg und streifte sanft noch den letzten Erdenstaub von seinem Herzen. Weiter und weiter rückten die Bilder, die ihn in den ersten Tagen noch gequält hatten, wurden klein und bedeutungslos in all der Fülle, die er hier zwischen vier leeren, weißen Wänden erfuhr.

Erst hatte er Schmerz empfunden, daß er Tag um Tag allein blieb. Jetzt hätte er es gar nicht haben wollen, daß Martha käme.

Seit er sie, von trüber Leidenschaft gehetzt, mit seinen beiden Händen mitten aus glänzender Gesellschaft hatte reißen wollen, war er so tief in sich geraten, hatte so Großes ihn berührt, daß der Gedanke, es trennten ihn kaum ein paar Wochen von jener verworrenen Stunde, ihm völlig unfaßbar schien.

Stets war seine Seele fremd und sonderbar gewesen in der Welt. Weil ihn aber ruhelose Sucht nie einsam bleiben ließ, war sein Leben ein verzehrendes Auf und Ab zwischen Unterwürfigkeit und ungeheurem Stolz, Unterliegen und höchster Überlegenheit. Jetzt aber hatte jene Sucht zu brennen aufgehört und Amadeus Wegerer erlebte als staunendes Kind das große, milde Glück wunschloser Ruhe. Es war so überwältigend, daß er eines Tages, als man zum ersten Mal die Fenster offen lassen konnte und herber Duft nach einem Frühlingsregen mächtig hereinschwoll, dem Professor von dieser versöhnten Daseinsstille Mitteilung machte, die er als den Boden neu werdender Lebensfülle auffassen wollte.

Der Arzt nickte dazu, als hätte er diese Erscheinung vorhergesehen, sagte auch einige trostreiche Worte, und Amadeus Wegerer fühlte eine Seligkeit in sich aufquellen, die ihm Freudentränen in die Augen trieb. Mit tausendfacher Liebe begleitete er an diesem Tage den Besuch der schweigenden Mutter, aus deren leidverständigem Sorgenblick ihn Bild und Klang ferner Kindertage grüßte.

*

Die alte Frau ging heute später fort, als sonst, und kummervoller, wie es dem Musikanten schien. Auch kam gegen Abend zu ungewohnter Stunde der Zimmerarzt noch einmal an das Bett ihres Sohnes, der unregelmäßig in kurzen Stößen atmete. Der Arzt blieb ziemlich lang, und als er ging, merkte Amadeus Wegerer plötzlich eine Leere und Unruhe in sich und erkannte mit jähem Schreck, daß dies die Stunde gewesen war, in der jeden Abend die einsame Geige sang. Er reckte sich auf seinem Lager und lauschte mit gespannten Nerven. Aber obgleich das Fenster noch offen stand und draußen ein warmer, heller Abend war, blieb es heute still. Da drehte er mit größter Anstrengung seinen Oberkörper, bis er das Haus sehen konnte.

Aber er fand das Mädchen nicht.

Müde und zerschlagen, als habe er schwerste Muskelarbeit geleistet, sank er zurück.

*

Im Traume der Nacht war ein Gesicht in des Musikanten Seele. Er sah die Straße vor dem Krankenhaus, wie damals, als er vor Wochen hereingekommen war. Da trippelte mit schnellen, kurzen Schritten die kleine, alte Frau mit der Hornbrille herbei und wollte zu ihrem Sohn. Aber eine Gestalt kam ihr entgegen, kaum den Boden berührend, zart und leicht wie ein Engel schwebend, und Amadeus Wegerer erkannte das Mädchen mit der Geige. Es hob den feinen, rechten Arm, während es Geige und Bogen in der Linken hielt, gegen die Frau, die stehen blieb und mit großen, stillen Eulenaugen halb ängstlich, halb vertrauend auf die Erscheinung schaute. Da sagte der Engel mit einer Stimme die den Ton der tiefen Geigensaiten hatte:

»Kehre um, Mutter, dein Sohn ist tot.«

Die kleine Frau rührte sich nicht; wie zu Stein geworden starrte sie das Mädchen an. Das sagte wieder:

»Kehr' um, er ist tot.«

Da zuckte die Mutter zusammen, fuhr sich mit beiden Händen in die grauen Haare, riß die Augen weit auf und öffnete den Mund. Aber es schrillte kein Schrei. Wieder blieb sie wie erstarrt. Der Engel nickte leise. Da rang die Frau die ineinandergekrampften Hände gegen ihn, fiel auf die Knie, suchte bettelnd die Gestalt zu umfassen und ihr Kleid zu küssen, indes ihre Lippen sich immerfort bewegten, ohne daß sie ein einziges Wort formen konnten. Der Engel, der die Gestalt des geigenden Kindes hatte, sah still auf sie nieder und auf alles Bitten, Jammern und Händeringen schüttelte er nur mit herber Wehmut den Kopf.

Allmählich war die kleine, alte Frau ruhig geworden und kauerte auf der untersten Stufe der Torstiege, indem sie wieder mit unbeweglichen Augen durch die runde Hornbrille sah. Da beugte sich der Engel über sie, streifte ihr über den Scheitel und sagte mit seiner singenden Stimme:

»Du hast gelitten; heilig ist dein Weh,
Und nur wer leiden kann, darf Mutter sein.«

Große Tränen quollen aus den Augen der Mutter, der Engel legte einen Arm um ihre gebeugten Schultern und führte sie sanft hinweg.

Die Tränen aber fing er mit der hohlen Hand auf und streute sie vor sie hin auf den Weg. Da wurden lauter blitzende, reine Diamanten daraus, und auf einer Straße von leuchtenden Kristallen gingen sie langsam nach oben, wo in strahlender Weite Maria von ihrem Sohn gekrönt wurde. Amadeus Wegerer hörte noch ein fernes Tönen, als die beiden Gestalten schon längst in lauter Licht zergangen waren, und er wußte nicht, ob der Engel sprach oder die Geige sang.

*

In dieser Nacht hatte niemand den Gequälten zu Gott schreien hören. Am Morgen war das Bett Nummer 3 leer, und die Wärterin war eben dabei, es frisch zu überziehen und einen leeren Kopfzettel anzubringen. Da kam es Amadeus Wegerer in den Sinn, daß er in grauer Morgenstunde zwischen Schlaf und Wachen Schritte und Flüstern gehört hatte, und nun wußte er auch, daß ein sonderbares Quieken und Schleifen, das er nicht zu deuten vermochte, von der Rollbahre herrührte, die über den Gang geschoben worden war.

Aber niemand im Zimmer fragte, niemand sprach ein Wort.

*

Der Tag war unruhig und heiß. Schon am Morgen lag starke Sonne auf dem Fenster, und als man es öffnete, war keine Erfrischung zu spüren.

Amadeus Wegerer zuckte in jähem Fieber. Wohin er auch den hämmernden Kopf legen mochte, immer klebte er alsbald unerträglich heiß auf dem Kissen. Umschläge und Arzneien trieben das Fieber zurück, aber die Unruhe blieb, ja sie wurde drängender, so daß der Musikant am liebsten aufgestanden und davongegangen wäre, weit, immer weiter. Denn er ahnte plötzlich, daß ihm am Ende die Zeit nicht mehr gegeben sein könnte, alles zu erfahren, was ihm ungeschaute Fernen noch vorenthielten. Die Angst, auch nur eine Stunde zu versäumen, wo doch jeder Augenblick so unermeßlich reich sein konnte, warf ihn in verzweifelten Schauern hin und her. Mit aller Macht suchte er sich zu sammeln, entwarf Pläne, führte kühne Phantasiegebäude aus und kam sich stark und frei vor – um plötzlich wieder aus all der Höhe in bange Unkraft zurückzusinken.

Um sich wenigstens in *einer* Form an die Wirklichkeit zu klammern, begann er ganz unvermittelt mit fliegenden Worten und lichternden Augen der Wärterin von dem neuen Leben zu erzählen, daß er nun führen wolle.

»Es wird bald sein, Schwester, nicht wahr?«

»Ja, Herr Wegerer, – sicher –.«

»Wie lange wohl?«

»Nicht mehr lang –.«

»In einer Woche –?«

»Vielleicht früher schon«, sagte die Wärterin. »Aber Sie dürfen nicht so viel sprechen. Das schadet Ihnen. Sie müssen jetzt ganz ruhig bleiben –.«

Da schwieg er still. Aber sein Herz zuckte und die Gedanken flogen. Leben! Ach, nur leben –!

Am Nachmittag kam ihn mit einem Male die Sorge an, er könnte heute die Geige wieder nicht hören.

»Lassen Sie heute das Fenster offen«, bat er die Wärterin.

»Es ist ja offen«, sagte sie ruhig.

»Ja – aber – – dann auch –.«

»Wann?«

»Am Abend –.«

»Da muß ich es zumachen.«

»Bitte nicht früher –, noch eine Weile –.«

Die Wärterin schaute auf den Platz hinunter, von wo die kleinen, hellen Rufe spielender Kinder heraufkamen.

»Es kann noch eine Stunde offen bleiben«, sagte sie, »heute ist es ja warm – schon ganz Frühjahr – –, und da drunten an der Mauer blüht wirklich schon der Marillenbaum.«

Amadeus Wegerer seufzte. Da unten blühte ein Baum – und wie viele blühten fern irgendwo – wie viele!

Dann zuckte es wieder durch sein Hirn: Eine Stunde noch – nur eine Stunde –?

Er wollte sprechen, aber er wußte nicht, was er sagen sollte. Denn daß er auf das ferne Klingen der Geige wartete, davon zu sprechen, hätte er als Verrat empfunden.

Und wenn nun in dieser einen Stunde die Geige nicht klang – –?

Er wälzte sich ruhelos hin und her und horchte ängstlich auf das eilfertige Ticken der kleinen Weckeruhr, die auf dem Tisch der Wärterin stand. Er konnte nicht hinsehen, hörte nur die Sekunden laufen, spitz und fein wie kleine, hämische Geister, und jede raubte ihm ein Körnchen Hoffnung und jede pisperte: »Noch klingt sie nicht – noch nicht – noch nicht –.«

Plötzlich aber stemmte er sich gegen diese Tyrannei des Zweifels – mit einem jähen Entschluß – mit zusammengenommener Kraft. Und nun wußte er: Die Geige würde klingen! Plötzlich wußte er das. Es war ihm die Gewißheit fertig ins Herz gesprungen. Und nun war er auch gar nicht mehr unruhig, es verließ ihn Furcht und Sorge, das treibende Wollen und Sehnen, jeder Zweifel, es könnte verderben, jede Angst und Unrast – – alles – alles. Er lag völlig klar und kühl, sein Blut ging langsam, sein Denken versöhnt und heiter.

Draußen neigte sich die Sonne, der Himmel wurde licht und über den Dächern lag ein seines, unirdisches Flimmern.

Da klang die Geige.

Wie die Stimme des Engels, voll und tief, werbend und wehmütig herb. Sie sang und zitterte, stieg klagend abwärts, rief in sanften Zügen voll Sehnsucht, sprang auf und jubelte nach oben. Sie streichelte über die Stirn des Musikanten, griff mit sacht befreiender Hand nach seiner Seele, führte sie auf glitzernden Wegen leicht empor, zeigte ihr in fernverklärten Bildern Mutterhaus, Kinderland und Liebesgarten und ließ sie aller ersehnten Weiten reine Wonne erfahren.

So starb Amadeus Wegerer, der Musikant, erlöst und glücklich, ein Lächeln auf den Lippen, die Arme ausgebreitet und die Augen weit offen.

Über tredition

Eigenes Buch veröffentlichen

tredition wurde 2006 in Hamburg gegründet und hat seither mehrere tausend Buchtitel veröffentlicht. Autoren veröffentlichen in wenigen leichten Schritten gedruckte Bücher, e-Books und audio-Books. tredition hat das Ziel, die beste und fairste Veröffentlichungsmöglichkeit für Autoren zu bieten.

tredition wurde mit der Erkenntnis gegründet, dass nur etwa jedes 200. bei Verlagen eingereichte Manuskript veröffentlicht wird. Dabei hat jedes Buch seinen Markt, also seine Leser. tredition sorgt dafür, dass für jedes Buch die Leserschaft auch erreicht wird.

Im einzigartigen Literatur-Netzwerk von tredition bieten zahlreiche Literatur-Partner (das sind Lektoren, Übersetzer, Hörbuchsprecher und Illustratoren) ihre Dienstleistung an, um Manuskripte zu verbessern oder die Vielfalt zu erhöhen. Autoren vereinbaren direkt mit den Literatur-Partnern die Konditionen ihrer Zusammenarbeit und partizipieren gemeinsam am Erfolg des Buches.

Das gesamte Verlagsprogramm von tredition ist bei allen stationären Buchhandlungen und Online-Buchhändlern wie z. B. Amazon erhältlich. e-Books stehen bei den führenden Online-Portalen (z. B. iBookstore von Apple oder Kindle von Amazon) zum Verkauf.

Einfach leicht ein Buch veröffentlichen: **www.tredition.de**

Eigene Buchreihe oder eigenen Verlag gründen

Seit 2009 bietet tredition sein Verlagskonzept auch als sogenanntes "White-Label" an. Das bedeutet, dass andere Unternehmen, Institutionen und Personen risikofrei und unkompliziert selbst zum Herausgeber von Büchern und Buchreihen unter eigener Marke werden können. tredition übernimmt dabei das komplette Herstellungs- und Distributionsrisiko.

Zahlreiche Zeitschriften-, Zeitungs- und Buchverlage, Universitäten, Forschungseinrichtungen u.v.m. nutzen diese Dienstleistung von tredition, um unter eigener Marke ohne Risiko Bücher zu verlegen.

Alle Informationen im Internet: **www.tredition.de/fuer-verlage**

tredition wurde mit mehreren Innovationspreisen ausgezeichnet, u. a. mit dem Webfuture Award und dem Innovationspreis der Buch Digitale.

tredition ist Mitglied im Börsenverein des Deutschen Buchhandels.

Dieses Werk elektronisch lesen

Dieses Werk ist Teil der Gutenberg-DE Edition DVD. Diese enthält das komplette Archiv des Projekt Gutenberg-DE. Die DVD ist im Internet erhältlich auf **http://gutenbergshop.abc.de**

Zeitfracht Medien GmbH
Ferdinand-Jühlke-Straße 7
99095 Erfurt, Deutschland
produktsicherheit@kolibri360.de